周作人谈美食

周作人 著

百花洲文艺出版社
BAIHUAZHOU LITERATURE AND ART PRESS

大家

图书在版编目（CIP）数据

周作人谈美食 / 周作人著. –– 南昌：百花洲文艺出版社，2019.12
（大家讲谈）
ISBN 978–7–5500–3159–3

Ⅰ. ①周… Ⅱ. ①周… Ⅲ. ①散文集 – 中国 – 现代Ⅳ. ①I266

中国版本图书馆CIP数据核字（2018）第290491号

周作人谈美食

周作人　著

选题策划	胡青松
责任编辑	胡青松
书籍设计	方　方
制　作	何　丹
出版发行	百花洲文艺出版社
社　址	南昌市红谷滩新区世贸路898号博能中心20楼
邮　编	330038
经　销	全国新华书店
印　刷	江西千叶彩印有限公司
开　本	850mm×1168mm　1/16　印张　16
版　次	2019年12月第1版第1次印刷
字　数	150千字
书　号	ISBN 978–7–5500–3159–3
定　价	36.00元

赣版权登字　05–2018–534

邮购联系　0791–86895108
网　址　http://www.bhzwy.com
图书若有印装错误，影响阅读，可向承印厂联系调换。

目 录

CONTENTS

大家

3

故乡的野菜

我的故乡不止一个，凡我住过的地方都是故乡。故乡对于我并没有什么特别的情分，只因钓于斯游于斯的关系，朝夕会面，遂成相识，正如乡村里的邻舍一样，虽然不是亲属，别后有时也要想念到他。我在浙东住过十几年，南京东京都住过六年，这都是我的故乡，现在住在北京，于是北京就成了我的家乡了。

日前我的妻往西单市场买菜回来，说起有荠菜在那里卖着，我便想起浙东的事来。荠菜是浙东人春天常吃的野菜，乡间不必说，就是城里只要有后园的人家都可以随时采食，妇女小儿各拿一把剪刀一只"苗篮"，蹲在地上搜寻，是一种有趣味的游戏的工作。那时小孩们唱道："荠菜马兰头，姊姊嫁在后门头。"后来马兰头有乡人拿来进城售卖了，但荠菜还是一种野菜，须得自家去采。关于荠菜向来颇有风雅的传说，不过这似乎以吴地为主。《西湖游览志》云："三月三日男女皆戴荠菜花。谚云：三春戴荠花，桃李羞繁华。"顾禄的《清嘉录》上亦说："荠菜花俗呼野菜花，因谚有三月三蚂蚁上灶山之语，三日人家皆以野菜花置灶陉上，以厌虫蚁。侵晨村童叫卖不绝。或妇女簪髻上以祈清目，俗号眼亮花。"但浙东人却不很理会这些事情，只是挑来做菜或炒年糕吃罢了。

黄花麦果通称鼠麴草，系菊科植物，叶小微圆互生，表面有白毛，花黄色，簇生梢头。春天采嫩叶，捣烂去汁，和粉作糕，称黄花麦果糕。小孩们有歌赞美之云：

> 黄花麦果韧结结，
>
> 关得大门自要吃，
>
> 半块拿弗出，
>
> 一块自要吃。

清明前后扫墓时，有些人家——大约是保存古风的人家——用黄花麦果作供，但不作饼状，做成小颗如指顶大，或细条如小指，以五六个作一攒，名曰茧果，不知是什么意思，或因蚕上山时设祭，也用这种食品，故有是称，亦未可知。自从十二三岁时外出不参与外祖家扫墓以后，不复见过茧果，近来住在北京，也不再见黄花麦果的影子了。日本称作"御形"，与荠菜同为春天的七草之一，也采来做点心用，状如艾饺，名曰"草饼"，春分前后多食之，在北京也有，但是吃去总是日本风味，不复是儿时的黄花麦果糕了。

扫墓时候所常吃的还有一种野菜，俗称草紫，通称紫云英。农人在收获后，播种田内，用作肥料，是一种很被贱视的植物，但采取嫩茎瀹食，味颇鲜美，似豌豆苗。花紫红色，数十亩接连不断，一片锦绣，如铺着华美的地毯，非常好看，而且花朵状若蝴蝶，又如鸡雏，尤为小孩所喜，间有白色的花，相传可以治痢。很是珍重，但不易得。日本《俳句大辞典》云："此草与蒲公英同是习见的东西，从幼年时代便已熟识。在女人里边，不曾采过紫云英的人，恐未必有罢。"中国古来没有花环，但紫云英的花球却是小孩常玩的东西，这一层我还替那些小人们欣幸的。浙东扫墓用鼓吹，所以少年常随了乐音去看"上坟船里的姣姣"；没有钱的人家虽没有鼓吹，但是船头上篷窗下总露出些紫云英和杜鹃的花束，这也就是上坟船的确实的证据了。

原载《晨报副刊》一九二四年四月五日

北京的茶食

在东安市场的旧书摊上买到一本日本文章家五十岚力的《我的书翰》，中间说起东京的茶食店的点心都不好吃了，只有几家如上野山下的空也，还做得好点心，吃起来馅和糖及果实浑然融合，在舌头上分不出各自的味来。想起德川时代江户的二百五十年的繁华，当然有这一种享乐的流风余韵留传到今日，虽然比起京都来自然有点不及。北京建都已有五百余年之久，论理于衣食住方面应有多少精微的造就，但实际似乎并不如此，即以茶食而论，就不曾知道什么特殊的有滋味的东西。固然我们对于北京情形不甚熟悉，只是随便撞进一家饽饽铺里去买一点来吃，但是就撞过的经验来说，总没有很好吃的点心买到过。难道北京竟是没有好的茶食，还是有而我们不知道呢？这也未必全是为贪口腹之欲，总觉得住在古老的京城里吃不到包含历史的精炼的或颓废的点心是一个很大的缺陷。北京的朋友们，能够告诉我两三家做得上好点心的饽饽铺么？

我对于二十世纪的中国货色，有点不大喜欢，粗恶的模仿品，美其名曰国货，要卖得比外国货更贵些。新房子里卖的东西，便不免都有点怀疑，虽然这样说好像遗老的口吻，但总之关于风流享乐的事我是颇迷信传统的。我在西四牌楼以南走过，望着异馥斋的丈许高的独木招牌，不禁神往，因为这不但表示他是义和团以前的老店，那模糊阴暗的字迹又引起我一种焚香静坐的安闲而丰腴的生活的幻想。我不曾焚过什么香，却对于这件事很有趣味，然而终于不敢进香店去，因为怕他们在香盒上已放着花露水与日光皂了。我们于日用必需的东西以外，必须还有一点无用的游戏与享乐，生活才觉得有意思。我们看夕阳，看秋河，看花，听雨，闻香，喝不求解渴的酒，吃不求饱的点心，都是生活上必要的——虽然是无用的装点，而且是愈精炼愈好。可怜现在的中国生活，却是极端地干燥粗鄙，别的不说，我在北京彷徨了十年，终未曾吃到好点心。

原载《晨报副刊》一九二四年三月十八日

路上的吃食

从前大凡旅行，路上的吃食概归自备，家里如有人出外，几天之前就得准备"路菜"。最重要的是所谓"汤料"，这都用好吃的东西配合而成，如香菇、虾米，玉堂菜就是京冬菜，还有一种叫做"麻雀脚"的，乃是淡竹笋上嫩枝的笋干，晒干了好像鸟爪似的。它的用处是用开水冲汤，此外当然还有火腿家乡肉，这是特制的一种腌肉，酱鸡腊鸭之类，是足够丰美的。后来上海有了陆稿荐、紫阳观，有肉松薰鱼，及各种小菜可买，那就可以不必那么预备了。

由杭州到上海的路上，船上供给旅客的饭食，而且菜蔬也相当的好。房舱二十个人一间，分作前后两截，上下两层床铺各占一人，饭时便五个一桌，第一天供应晚餐一顿，次日整天两顿，都在船价一元五角之内，这实在要算便宜的。沪宁道中船票也是一元五角，供应餐数大略相同，可是它只管三顿白饭，至于下饭的小菜，因为人数太多，也实在是照管不来了。这且不谈也罢，那轮船里茶房对客人的态度也比较的差，譬如送饭来的时候，将装饭的大木桶在地上一放，大声喊道："来吃吧！"这句话意思是如此，可是口调还有不同，仿佛有古文里所谓"嗟，来食"之意，而且他

◎码头的小贩

用宁波话说，读作"来曲"，这自然更不好听了。不过那时候谁也计较不得这些，只等到"来曲"一声招呼，便蜂拥的奔过去，用了脸盆及各种合用的器具，尽量的盛饭，随后退回原处，静静的去享用。这是杭沪以及沪宁两条路上，不同的吃饭的情形。

路过各处码头，轮船必要停泊下来，上下客货，那时有各种商人携百货兜售，这也是很有趣味的事。不过所记得的大抵以食物为多，即如杭沪道上的糕团，实在顶不能忘记的了。这种糕团乃是一种湿点心，是用糯米或粳米粉蒸成，与用面粉所做的馒头烧卖相对，似乎是南方特有的东西，我说南方还应修正，因为我在嘉兴和苏州看见过它，在南京便没有了，北京所谓饽饽，乃全是干点心而已。大概因为儿时吃惯了。"炙糕担"上的东西，所以对于糕团觉得很有情分。鲁迅也是热爱糕团，因此在嘉兴曾闹过一个小小的笑话。他看见一种糕，块儿很不小，样子似乎很好吃，便问几钱一块，卖糕的答说，"半钱"。他闻之大为惊异，心想怎么这样的便宜，便再问一遍，结果仍是"半钱"。他于是拿了四块糕，付给他两文制钱，不料卖糕的大不答应，吵了起来。仔细一问，原来是说"八钱一块"，只因方言八半二音相近，以致造成这个误会，这也是很有意思的一件事。

此外在沪宁路上，觉得特别记得的，是在镇江码头停泊的时节，大约是以"下水"便是船向着长江下游走的时候居多，总在夜晚，而且因为货多，所以停船的时间也就很长。那时便有一种行贩，曼声的说："晚米稀饭，阿要吃晚米稀饭。"说也奇怪，我没有一回吃过它，因此终于不知道这晚米稀饭是怎么个味道，但想像它总不会得坏，而且也就永远的记住了它。怕得稀饭里会放进"迷子"这一类东西去，所以不敢去请教的么，这未必是为此，只是偶然失掉了这机会罢了。江湖上虽然尽多风险，但是长江上还没有像《水浒》上的山东道上一样，有这样的危难。可是后来有一年，我在礼拜天同伯升到城南去，在夫子庙得月台喝茶，遇着一位巡城的"总爷"。他穿着长衫马褂,头戴遮阳的大草帽,手里拿着一支藤条,虽是个老粗,却甚是健谈,与伯升很是说得来。据他说,骗子手里的迷药确是有的,他曾经抓住过这样的一个人,还从他问得配合迷药的药方。伯升没有请教他这个方子,想来他也未必肯告诉我们,那么何必去碰这个钉子。——而且或者他这番的话本来全是他编造的,拿来骗我们的也未可知呢。

选自《知堂回忆录》

儿歌中的吃食

　　乡下在上坟时节有一种食物，叫做黄花艾麦果，大概原用麦粉，后来却多是米粉了，加入鼠麴草，作糕蒸食。鼠麴草在《本草纲目》中说得很详细，二月生苗，茎叶柔软，叶长寸许，有白茸，如鼠耳之毛，开小黄花，成穗，结细子。糕里加入草叶，此外还有艾，讲到香味，艾糕还要好些，可是在民间至少在儿童中间还不及黄花艾麦果的有名。街上糕店制造艾糕艾饺，偷工减料，不用艾叶，只在粉中加入油菜的汁，染得碧绿的，中看不中吃，更减少了他的信用了。黄花艾麦果也称黄花麦果，儿歌中有一首云：

　　　　黄花麦果韧结结，
　　　　关得大门自要吃。
　　　　半块拿勿出，
　　　　一块自要吃。

　　这里关于自私和吝惜之意，固然坦白得妙，乡间小儿没有茶食，偶然得自制饼饵，非常珍重，也是实情。又有一首云：

剁螺蛳过酒，

强盗赶来勿肯走。

这也很是幽默有意思。英美人听到螺蛳田螺，便都叫作斯耐耳，中国人又赶紧译成蜗牛，以为法国有吃蜗牛的，很是可笑，其实江浙乡间这种蜗牛是常吃的，因为价贱吃的很多，剁去尾巴，加酱油蒸熟，搁点葱油，要算是一样荤菜了。假如再有一碗老酒，嘬得吱吱有味，这时高兴起来，忽然想到强盗若是看见一定也要歆羡的吧。

原载《亦报》一九五○年七月十九日

中国菜的分食

　　中国的合食制不大与卫生相宜，分食制又颇不经济，这正是各有短长。但所谓不经济并不只是在要多置器具、多费洗濯这些上面，分食的结果是菜有浪费，不是嫌少而是怕多余，试看吃客饭的与吃西餐不同，它总不免有什么余剩，虽然同时在吃的人可能也有不足之感。为什么呢？我想还是由于中西餐性质上的不同，是无可如何的，西餐的面包类是主要食物，其他是副食物，如鸡鱼肉也都可以单独的吃，可以果腹的，中国则主食是饭，包括细粮粗粮，其他是菜，虽然酒席上的菜大抵空口吃，在平常乃是"下饭"的，我们乡下便称作下饭，喝酒时吃的叫作过酒胚。因为这个缘故，菜须得同饭配搭了吃，一人分给两小碟菜一碗汤，结果汤可以勉强喝干，菜不免多少有剩，因为这不像西餐的可以空口吃的。其中一碟或者吃了还不够，却也不好要加添了。

　　中国菜的这性质不变，分食总有困难，比较可行的变通办法乃是双筷或公筷制，这只要使用的人渐渐习惯了，就可以通行，其中双筷似乎又比公筷好些。这在公共地方，正是必要的，别的不说，至少防止有些病的传染，有很大的好处。至于家庭里似乎还无此必要，虽然用汤瓢舀汤直接送往嘴里之后，再来舀一瓢这种习惯，当然不必保留了。北京卖豆汁的担上有一大盘水疙瘩（盐水腌芜菁）的丝，本来买主可以自由取用，后来因为有的太多吃，所以改为分给一小碟了，这分食制是例外的、很有趣的另一件事。

原载《亦报》一九五二年一月三日

南北的点心（一）

　　现在说的是单指干点这一类，这在中国的南北也略有点不同。以四十年前故乡的茶食店为例，所卖的东西大概有这几类，一是糖属，甲类有松仁缠、核桃缠，乙类牛皮糖、麻片糖、寸金糖、酥糖等。二是糕属，甲类有松子糕、枣泥糕、蜜仁糕，乙类炒米糕、百子糕、玉露霜，丙类玉带糕、云片糕等。三是饼属，甲类有各类月饼，限于秋季，乙类红绫饼、梁湖月饼等，则通年有之。四是糕干类，有香糕、琴糕、鸡骨头糕干等，五是鸡蛋制品，有蛋糕、蛋卷、蛋饼等。到北京来看，货色很不一样，所谓小八件大八件，样子很质朴，全是乡下气，觉得出于意外，虽然自来红自来白这些月饼似的东西，吃起来不会零碎的落下皮来，觉得还有可取。至于玉带糕寸金糖之属，要在南方店铺如稻香村等才可以买到，这显明的看出点心上的界线来了。这是什么缘故呢，我当初也不明瞭后来有人送我一匣小八件，我打开来看，不知怎的觉得很是面善，忽而恍然大悟，这不是佛手酥么，菊花酥么，只要加上金枣珑缠豆及桂花球，可不是乡下结婚时分送的喜果么？我怎么会忘记了的呢！我又记起茶食店的仿单上的两句话，明明替我解决了疑问，说北方的是官礼茶食，南方的是嘉湖细点。大概在明朝中晚时代，陈眉公、李日华辈，在江浙大有势力，吃的东西也与眉公马桶等一起的有了飞跃的发展，成了种种细点，流传下来，到了礼节赠送多从保守，又较节省，这就是旧式馎饦成为喜果的原因了。

原载《亦报》一九五〇年二月三日

南北的点心（二）

中国地大物博，风俗与土产随地各有不同，因为一直缺少人纪录，有许多值得也是应该知道的事物，我们至今不能知道清楚，特别是关于衣食住的事项。我这里只就点心这个题目，依据浅陋所知，来说几句话，希望抛砖引玉，有旅行既广，游历又多的同志们，从各方面来报道出来，对于爱乡爱国的教育，或者也不无小补吧。

我是浙江东部人，可是在北京住了将近四十年，因此南腔北调，对于南北情形都知道一点，却没有深厚的了解。据我的观察来说，中国南北两路的点心，根本性质上有一个很大的区别。简单的下一句断语，北方的点心是常食的性质，南方的则是闲食。我们只看北京人家做饺子馄饨面总是十分苗实，馅决不考究，面用芝麻酱拌，最好也只是炸酱；馒头全是实心。本来是代饭用的，只要吃饱就好，所以并不求精。若是回过来走到东安市场，往五芳斋去叫了来吃，尽管是同样名称，做法便大不一样，别说蟹黄包子，鸡肉馄饨，就是一碗三鲜汤面，也是精细鲜美的。可是有一层，这决不可能吃饱当饭，一则因为价钱比较贵，二则昔时无此习惯。抗战以后上海也有阳春面，可以当饭了，但那是新时代的产物，在老辈看来，是不大可以为训的。我母亲如果在世，已有一百岁了，她生前便是绝对不承认点心可以当饭的，有时生点小毛病，不喜吃大米饭，随叫家里做点馄饨或面来充饥，即使一天里仍然吃过三回，她却总说今天胃口不开，因为吃不下饭去，因此可以证明那馄饨和面都不能算是饭。这种论断，虽然有点儿近于武断，但也可以说是有客观的佐证，因为南方的点心是闲食，做法也是趋于精细鲜美，不取茁实一路的。上文五芳斋固然是很好的例子，我还可以再举出南方做烙饼的方法来，更为具体，也有意思。我们故乡是在钱塘江的东岸，那里不常吃面食，可是有烙饼这物事。这里要注意的，是烙不读作者字音，乃是"洛"字入声，又名为山东饼，这证明原来是模仿大饼而作的，但是烙法却大不相同了，乡间卖馄饨面和馒头都分别有专门的店铺，唯独这烙饼只有摊，而且也不是每天都有，这要等待哪里有社戏，才有几个摆在戏台附近，供看戏的人买吃，价格是每个制钱三文，计油条价二文，葱酱和饼只要一文罢了。做法是先将原本两折的油条扯开，改作三折，在熬盘上烤焦，同时在预先做好的直径约二寸，厚约一分的圆饼上，满搽红酱和辣酱，撒上葱花，卷在油条外面，再烤一下，就做成了。它的特色是油条加葱酱烤过，香辣好吃，那所谓饼只是包裹油条的东西，乃是客而非主，拿来与北方原来的大饼相比，厚大如茶盘，卷上黄酱与大葱，大嚼一张，可供一饱，这里便显出很大的不同来了。

上边所说的点心偏于面食一方面，这在北方本来不算是闲食吧。此外还有一类干点心，北京称为饽饽，这才当作闲食，大概与南方并无什么差别。但是这里也有一点不同，据我的考察，北方的点心历史古，南方的历史新，古者可能还有唐宋遗制，新的只是明朝中叶吧。点心铺招牌上有常用的两句话，我想借来用在这里，似乎也还适当，北方可以称为"官礼茶食"，南方则是"嘉湖细点"。

我们这里且来作一点烦琐的考证，可以多少明白这时代的先后。

查清顾张思的《土风录》卷六，"点心"条下云：小食曰点心，见《吴曾漫录》。唐郑傪为江淮留后，家人备夫人晨馔，夫人谓其弟曰："治妆未毕，我未及餐，尔且可点心。"俄而女仆请备夫人点心，傪诟曰："适已点心，今何得又请！"由此可知点心古时即是晨馔。同书又引周辉《北辕录》云："洗漱冠栉毕，点心已至。"后文说明点心中馒头、馄饨、包子等，可知说的是水点心，在唐朝已有此名了。茶食一名，据《土风录》云："干点心曰茶食，见宇文懋昭《金志》：'婿先期拜门，以酒馔往，酒三行，进大软脂小软脂，如中国寒具，又进蜜糕，人各一盘，曰茶食。'"《北辕录》云："金国宴南使，未行酒，先设茶筵，进茶一盏，谓之茶食。"茶食是喝茶时所吃的，与小食不同，大软脂，大抵有如蜜麻花，蜜糕则明系蜜饯之类了。从文献上看来，点心与茶食两者原有区别，性质也就不同，但是后来早已混同了。本文中也就混用，那招牌上的话也只是利用现代文句，茶食与细点作同意语看，用不着再分析了。

　　我初到北京来的时候，随便在饽饽铺买点东西吃，觉得不大满意，曾经埋怨过这个古都市，积聚了千年以上的文化历史，怎么没有做出些好吃的点心来。老实说，北京的大八件小八件，尽管名称不同，吃起来不免单调，正和五芳斋的前例一样，东安市场内的稻香春所做的南式茶食，并不齐备，但比起来也显得花样要多些了。过去时代，皇帝向在京里，他的享受当然是很豪华的，却也并不曾创造出什么来，北海公园内旧有"仿膳"，是前清御膳房的做法，所做小点心，看来也是平常，只是做得小巧一点而已。南方茶食中有些东西，是小时候熟悉的，在北京都没有，也就感觉不满足，例如糖类的酥糖、麻片糖、寸金糖，片类的云片糕、椒桃片、松仁片，软糕类的松子糕、枣子糕、蜜仁糕、桔红糕等。此外有缠类，如松仁缠、核桃缠，乃是在于果上包糖，算是上品茶食，其实倒并不怎么好吃。南北点心粗细不同，我早已注意到了，但这是怎么一个系统，为什么有这差异？那我也没有法子去查考，因为孤陋寡闻，而且关于点心的文献，实在也不知道有什么书籍。但是事有凑巧，不记得是哪一年，或者什么原因了，总之见到几件北京的旧式点心，平常不大碰见，样式有点别致的，这使我忽然大悟，心想这岂不是在故乡见惯的"官礼茶食"么？故乡旧式结婚后，照例要给亲戚本家分"喜果"，一种是干果，计核桃、枣子、松子、棒子，讲究的加荔枝、桂圆。又一种是干点心，记不清它的名字。查范寅《越谚》"饮食门"下，记有金枣和珑缠豆两种，此外我还记得有佛手酥、菊花酥和蛋黄酥等三种。这种东西，平时不通销，店铺里也不常备，要结婚人家订购才有，样子虽然不差，但材料不大考究，即使是可以吃得的佛手酥，也总不及红绫饼或梁湖月饼，所以喜果送来，只供小孩们胡乱吃一阵，大人是不去染指的。可是这类喜果却大抵与北京的一样，而且结婚时节非得使用不可。云片糕等虽是比较要好，却是决不使用的。这是什么理由？这一类点心是中国旧有的，历代相承，使用于结婚仪式。一方面时势转变，点心上发生了新品种，然而一切仪式都是守旧的，不轻易容许改变，因此即使是送人的喜果，也有一定的规矩，要定做现今市上不通行了的物品来使用。同是一类茶食，在甲地尚在通行，在乙地已出了新的品种，只留着用于"官礼"，这便是南北点心情形不同的缘因了。

上文只说得"官礼茶食"，是旧式的点心，至今流传于北方。至于南方点心的来源，那还得另行说明。"嘉湖细点"这四个字，本是招牌和仿单上的口头禅，现在正好借用过来，说明细点的起源。因为据我的了解，那时期当为前明中叶，而地点则是东吴西浙，嘉兴湖州正是代表地方。我没有文书上的资料，来证明那时吴中饮食丰盛奢华的情形，但以近代苏州饮食风靡南方的事情来作比，这里有点类似。明朝自永乐以来，政府虽是设在北京，但文化中心一直还是在江南一带。那里官绅富豪生活奢侈，茶食一类也就发达起来。就是水点心，在北方作为常食的，也改作得特别精美，成为以赏味为目的的闲食了。这南北两样的区别，在点心上存在得很久，这里固然有风俗习惯的关系，一时不易改变；但在"百花齐放"的今日，这至少该得有一种进展了吧。其实这区别不在于质而只是量的问题，换一句话即是做法的一点不同而已，我们前面说过，家庭的鸡蛋炸酱面与五芳斋的三鲜汤面，固然是一例。此外则有大块粗制的窝窝头，与"仿膳"的一碟十个的小窝窝头，也正是一样的变化。北京市上有一种爱窝窝，以江米煮饭捣烂（即是糍粑）为皮，中裹糖馅，如元宵大小。李光庭在《乡言解颐》中说明它的起源云：相传明世中官有嗜之者，因名御爱窝窝，今但曰爱而已。这里便是一个例证，在明清两朝里，窝窝头一件食品，便发生了两个变化了。本来常食闲食，都有一定习惯，不易轻轻更变，在各处都一样是闲食的干点心则无妨改良一点做法，做得比较精美，在人民生活水平日益提高的现在，这也未始不是切合实际的事情吧。国内各地方，都富有不少有特色的点心，就只因为地域所限，外边人不能知道，我希望将来不但有人多多报道，而且还同土产果品一样，陆续输到外边来，增加人民的口福。

天下第一的豆腐

豆腐，这倒真可以算是天下第一，不但中国发明最早，至今外国还是没有，而且将来恐怕也是不会有的。在日本有豆腐，这是由中国传过去的，主要还是因为用筷子吃饭，所以传得进去，若是西洋各国便没法吃，大概除了杏仁豆腐（其实却并不是豆腐）外，我想无论怎样高手的大司务做不好一样豆腐的西菜来吧。在中国这是那么普遍，它制成各种的花样，可以做出各种的肴馔，我们只说乡下的豆腐的几样吃法。第一是炖豆腐，豆腐煮过，油去水，入砂锅加香菰、笋、酱油、麻油久炖，是老式家庭菜，其味却极佳，有地方称为大豆腐，我们乡下则忌讳此语，因为人死时亲戚赴斋，才叫吃大豆腐。芋艿切丝或片，放碗上，与豆腐分别在饭镬上蒸熟，随后拌和加酱油，唯北方芋头不粘滑，照样做了味道不能很好。豆腐切片油煎，加青蒜，叶及茎都要，一并烧熟，名为大蒜煎豆腐，我不喜蒜头，但这碗里的大蒜却是吃得很香，而且屡吃不厌。这些都是乡下菜，材料不责，做法简单，味道又质朴清爽，可以代表老百姓的作风。发明豆腐的是了不得，但想到做霉豆腐的人我也不能不佩服，家里做虽然稍为麻烦，可是做出来特别好吃，与店里的是大不相同的。

原载《亦报》一九五一年四月十三日

◎豆腐担

南京绍兴饭馆

　　据说二十年前在南京有这么一家饭馆，专做绍兴菜的，这在什么地点，是什么字号，告诉我这话的人不曾说，或者说过是我忘了。他是北大旧学生，跟了蒋梦麟在教育部有好几年，这其间是常到那里去吃饭，或是碰钉子去的。绍兴府属的人去光顾，或者为的乡里之见，但别的官老爷们也不少，却不晓得为了什么缘故。据云一间店堂只有两三张桌子，父子二人包办一切，坐客不但要等桌子有空，而且还要恭候菜来，饥肠辘辘，忍受不了，催促一句，店主即反唇相讥云，等的来不及，请走好了。做的是什么菜，大概只是家常便饭，我想香菇笋干炖豆腐，或者如有大蒜煎豆腐，那总是很可以吃的吧，种类本不多，而且点菜也有限制，假如三四个人，点上四五样菜，堂倌便说，太多了，吃不完的，硬把末后的一样取消了事，这饭馆的作风很特别，常给顾客钉子碰，出名的原因恐怕一部分也由于此。

　　绍兴的农民一样的受封建社会的压迫，却多少存留着倔强气，虽然俗语有太太生日阿寿拜，阿寿生日拜太太的话，事实上并不像北方的打千磕头，只说一声恭喜，拜寿哦，就算拜了。讲话也率直无文饰，对称都是一样，但如上文所说的店主父子，在国民党的首都开店，仍保存山村的古风，这却也是很难得的，可以说是畸人了吧。

原载《亦报》一九五〇年八月三十一日

绍兴的糕干

今年鲁迅逝世二十周年纪念,有在北京的一家报馆当编辑的友人往绍兴去参观鲁迅的故家,回来送了我一包绍兴土产"香糕"。友人的盛意固然可感,特别是那多年久违了的故乡特产,引起我怀旧之情,几乎已经忘记了的故乡的事情不免又记忆起来了。

老实说,我对于故乡是没有多少情分的。第一是绍兴的气候不好,夏天热煞,冬天冷煞,因为那里没有防寒设备,在北京住久了的人,都感觉很困难,特别是一年三季都有蚊子,更是讨厌。绍兴的山水总还是好的,但也不见得比江浙别处好到哪里去。那么可以一谈的也就只是物产这一方面了,而其中自然以关于吃的为多。

鲁迅在《朝花夕拾》的小引中曾云:"我有一时,曾经屡次忆起儿时在故乡所吃的蔬果:菱角、罗汉豆、茭白、香瓜。凡这些,都是极其鲜美可口的,都曾是使我思乡的蛊惑。"这些蔬果本来都是很好的,但是我所记得的却是糕团。我在十年前所作《儿童杂事诗》中有一首云:

嘉湖细点旧名驰，不及糕团快朵颐。

艾饺印糕排满架，难忘最是炙麻糍。

这里所谓糕团是指"湿"的一类，与"嘉湖细点"那些所谓"干点心"有别。那友人送我的一包"香糕"是属于干的，可是它与糕团有一脉相通之处，即是都用米粉所制，而不是用麦粉的。这在绍兴统称"糕干"，明说是干的糕类。据范寅的《越谚》卷二"饮食门"内，这一项下注云："米粉作方条，焙熟成干，极松脆，为越城名物。与绍酒通市京都，故招牌书'进京香糕'。昔多黄色，今多白色，其粉更细而佳。"

绍兴香糕店很多，最有名的是"孟大茂"，据说创始于前清嘉庆十二年，即公元一八零七年，已经有一百五十年的历史了。据他们印发的说明，与《越谚》稍有不同，或者更可信凭，亦未可知。其"过程"一节原文云："绍兴乡村农家，每于农历年底自舂年糕，备来年农忙时期作田间点心之用，然总觉食时有加糖蒸煮之麻烦，后渐有以粉及糖火炙烘焙者，盖利用糖受炙后粘性作用而成香糕之雏形也，简便不烦，乃为广播。香糕俗称糕干，实取义于上述情形，其后陆续改进，色、香、味遂臻上乘。加以前清举行科举，浙东一带应试赴考者，均以香糕为途中之点，香糕受当时知识阶级传播，名闻益远、踪迹及于京畿，故亦有'进京香糕'之称。"

"进京香糕"的名称，从文义上看来，的确以"孟大茂"之说为长，因为这是举人们带了进京，供路上的食用，与酒的称"京庄"不同。又说这是从年糕改良出来的，也很可能，即使它不是纯粹属于农民的东西，至少也总是点心中最大众化的一种。过去的老百姓看望亲戚，照例要带点礼品去，最普通的乃是"糕干包"，较好的是"蛋卷包"，每斤不过几十文钱罢了。

讲到绍兴的糕干，又使我想起杨村糕干来了。以前在北京常有小店专门卖这食品的，它的制法与绍兴大概总是一路，只是味道并不怎么好，所以不很去请教它，但是它的大众化的特色与绍兴香糕是一致的。又在杨村糕干店里多售代乳糕，或者那糕干即可用以哺儿也未可知。绍兴的香糕，特别是黄色的一种，大人嚼了哺给小儿，往往可以代乳。它以前在乡间大量销行，这大约也是一个主要原因。

原载《工人日报》一九五六年十二月二十日

馄饨担

浙东民间歌谣嘲讽拙劣的戏班云："台上群玉班，台下都走散，连忙关庙门，两边墙壁都爬坍，连忙扯得牢，只剩一担馄饨担。"这在只看戏园里的戏的人听了觉得有些费解之处，第一是戏台下怎么会有馄饨担的，这因为原是社戏，大家出钱在庙里演剧给菩萨看，一般人都可以去白看，而且还大吃其点心，所以各样吃食摊在台下开张，馄饨担不过其中之一罢了。其次，馄饨担特别被扯牢，这是什么缘故呢？理由说起来很是简单，便只苦于我不会画几笔，要用文字说明，未免须得多费气力，而且恐怕终于难得十分明了。别的饮食担都已挑出庙门，而一担馄饨担独被拉住，这便为他的担子特别笨重，挑了走不快之故。

不知道为什么，馄饨担要那么与众不同，于必要的缸灶水桶之外加上那些抽屉，朱漆描画，像是新娘嫁妆似的，其实豆腐浆担也用好些作料，可是担子却简单得多了。在空庙里，好些人纠缠住挑着一副俍伉的担子的人，这里老百姓显示出他们很好的幽默，只可惜不知道这担子的人也就不能充分了解。手边有一部石印的《太平欢乐图》，原本系乾隆庚子即一七八〇年方兰坻所画，因进呈御览，负贩商民多戴羽缨帽，又拖小辫，

也很触目，共有一百幅，画出挑担摆摊各种情形，亦可备参考，可是细细检查却不见有馄饨担，虽然元宵担是有的。吴友如在《点石斋画报》上所作图，主题是打架或翻车，多画市肆背景，极为难得，其中当可找到。又曾见《江南铁泪图》，戏台下似有馄饨担，但已记忆得不甚清楚了。

原载《亦报》一九五〇年二月十日

点心与饭

　　小时候爱吃杂食，时常被大人们教训，说点心不是当饭吃的。这句话里的真理我一直相信着，因为点心与饭的区分就是这样定的。我们乡下的点心大抵可以分作两类，一是干点心，在茶食店里所卖的是，二是湿点心，一切蒸制及有汤的东西。这第二类中有莲子茶、汤圆、烧卖、花饺、馄饨、包子、各式面、藕粥等，有的家制，有的有专店，半干湿的糕和麻糍一类也就附在这里。这些湿点心固然可以吃个半饱，但总不把他当饭，除非是有特别情形，这也只是偶尔的例外而已，所以有些旧式的老辈诉说胃口不开，问他今日吃了些什么，则面和饺子之类也相当吃了些，可是饭并没有吃，因此足见胃口是不好了。这个道理拿到北方来，便全然讲不通，这里说吃饭，不能如字讲的，固然也有小米饭与高粱米饭，一般所珍重的是面条，馒首与烙饼，用南方的旧标准来看，乃是以点心当饭的。不明瞭这个关系的人来到以面食有名的地方，一吃馄饨炒面等，觉得并不及南方好吃，未免奇怪，其实是当然的。因为这里乃是当饭吃的呀，在北京要吃面食的点心，必须去找江苏或扬州的馆子，在那里所做的才不是饭而是点心。北方烙饼有一手指厚，奢侈点裹一片肉，普通只用葱蘸酱，卷了就吃，我们乡间戏台下卖的山东饼乃薄如指甲,却加上红酱辣酱葱花,裹上几倍大的一条油条,广东月饼的用意相同,这表皮差不多只作容器用而已,这正是一个很明白的例子。

原载《亦报》一九五〇年二月二日

三顿饭

　　南方人见人打招呼，问吃过饭不，说者谓都是饿鬼转世。乡间饭时有客来，主人主妇必以筷指其饭碗曰，我里吃饭，我读额挨切，意云我们，我里者我们这里也。客人照例曰，请请，则寒暄已毕，可以开始谈话了。乡下还有一点很特别的事，便是每天必吃三顿饭，每顿饭必现煮，可以说对于饭真是热心。因为早上吃饭，须得买菜做菜，菜市很早，去买的也非早不可，城内早市匆忙的情形为别处所少见，隔了一条江的杭州便不如此，那里早晨吃水泡饭，午前上街去买菜是很从容的，不过这三顿也只重在饭而已，至于下饭那并不看重，虽然比北方要好一点，因为鱼虾常有，不论贫富都吃得着。煮饭用灶，多烧稻草，只此一锅，平常的菜都蒸熯在上边，高的锅盖之下总可以放三层饭架，三四十二，便有十二碗，竟是一大桌了。茭白架子放在饭里，虾米白鲞汤，盐渍鲜鱼，打鸭子即溜黄菜，勒鲞加肉饼，搁在饭架上，等饭熟时这也好了，平常已经可以请客吃便饭，若再添炒鸡子和盐烤虾，那才去生起小风炉来另做。汪龙庄在湖南做知县，竭力提倡过这种煮饭法，关于灶和锅，在他所著《善俗书》里说的很详细。这蒸菜的办法，有一缺点，就是安排不容易，假如一碗腌菜一倾侧，饭里便全有了气味，虽然上灶的人对于叠饭架有经验，这种失败还是常会有的。

原载《亦报》一九五〇年六月十四日

家常菜

　　有这样一个故事，据说有一年，美国议会老爷若干名结队往法国游历，到了巴黎，市长竭诚的招待这班贵宾，雇了第一有名的厨子来做菜。这位大司务卷起袖口等着，听说客人差不多来了，预备要动手，随便问伙计道，他们现在干什么？答说，正在抽烟谈天哩，这位大司务便放下厨刀，对伙计说道，你来就行了，舌头熏厚了还懂得什么鸟味道。这本是传说，真假并不保证，那卷袖口和放厨刀的举动更是经不起考证研究，但是这故事还有意思，所以辗转传述下来了。主客本来都是资本主义的老板，不过一个是奢华的乡绅，一个是粗俗的暴发户，合不在一起，闹了笑话，这是很可能的。讲到实惠好吃，自然还是家常菜，说起来大概人人同意，可是实行很有问题，平时没有话讲，到得口袋里有几文富余的时候，还不是想上馆子去，吃搁点什么味精之类的名菜么？讲吃食不是我的本意，只觉得故事有点意义，所以记下来，却不意成功这样一篇文章了。

原载《亦报》一九五〇年十月十二日

吃饭与吃面包

　　中国人说吃饭，欧洲人说吃面包，这代表东方与西方两种不同的生活方式。根本是一样的都是谷食，米与麦实在所差无几，可是一个是整粒的煮，一个是磨了粉再来蒸烤，在制法这一点差异上就发生了吃法的不同，吃面包用刀叉，吃饭则是用筷子的。这两者的起源同是出于用手抓，西方面食的省五指为三成为钢叉，东方米食乃省而为二，便是竹木的筷子了。用叉的手势通用下拿钢笔，两只筷子操纵稍难，但运动也更自如，譬如用筷子夹一颗豌豆，在西洋人看来有点近于变小戏法了，在中国却是寻常的事，只要不是用的象牙或银筷子，与拿钢笔同一个道理，中国执笔的手势与拿筷子也是同一基础的。

　　我们现在如问中国这吃饭的方式要不要改，改得同一般通行的一样，便是改吃面包，早晚会见互问吃过面包没有呢？我想谁都立即回答说不，因为这是不可能，也不必要的。水田或者可能改造了来种麦，面包本来可以当饭，事实上中国有好些地方也经常食面，但一样还是说吃饭，如依照从来烹调法，根本都是用筷子的食物，可见吃饭的观念与用筷子的习惯是多么根深蒂固了。现在固然没有主张要改的人，我不过是举这个例，说明人民的生活方式中很有些是不必要改，也是不可能改的。

原载《亦报》一九五一年八月十二日

吃 菜

偶然看书讲到民间邪教的地方，总常有吃菜事魔等字样。吃菜大约就是素食，事魔是什么事呢？总是服侍什么魔王之类罢，我们知道希腊诸神到了基督教世界多转变为魔，那么魔有些原来也是有身分的，并不一定怎么邪曲，不过随便地事也本可不必，虽然光是吃菜未始不可以，而且说起来我也还有点赞成。本来草的茎叶根实只要无毒都可以吃，又因为有维他命某，不但充饥还可养生，这是普通人所熟知的，至于专门地或有宗旨地吃，那便有点儿不同，仿佛是一种主义了。现在我所想要说的就是这种吃菜主义。

吃菜主义似乎可以分作两类。第一类是道德的。这派的人并不是不吃肉，只是多吃菜，其原因大约是由于崇尚素朴清淡的生活。孔子云，"饭疏食，饮水，曲肱而枕之，乐亦在其中矣。"可以说是这派的祖师。《南齐书·周颙传》云，"颙清贫寡欲，终日长蔬食。文惠太子问颙菜食何味最胜，颙曰，春初早韭，秋末晚菘。"黄山谷题画菜云，"不可使士大夫不知此味，不可使天下之民有此色。"——当作文章来看实在不很高明，大有帖括的意味，但如算作这派提倡咬菜根的标语却是颇得要领的。李笠翁

在《闲情偶寄》卷五说：

> 声音之道，丝不如竹，竹不如肉，为其渐近自然，吾谓饮食之道，脍不如肉，肉不如蔬，亦以其渐近自然也。草衣木食，上古之风，人能疏远肥腻，食蔬蕨而甘之，腹中菜园不使羊来踏破，是犹作羲皇之民，鼓唐虞之腹，与崇尚古玩同一致也。所怪于世者，弃美名不居，而故异端其说，谓佛法如是，是则谬矣。吾辑《饮馔》一卷，后肉食而首蔬菜，一以崇俭，一以复古，至重宰割而惜生命，又其念兹在兹而不忍或忘者矣。

笠翁照例有他的妙语，这里也是如此，说得很是清脆，虽然照文化史上讲来吃肉该在吃菜之先，不过笠翁不及知道，而且他又哪里会来斤斤地考究这些事情呢。

吃菜主义之二是宗教的，普通多是根据佛法，即笠翁所谓异端其说者也。我觉得这两类显有不同之点，其一吃菜只是吃菜，其二吃菜乃是不食肉，笠翁上文说得蛮好，而下面所说念兹在兹的却又混到这边来，不免与佛法发生纠葛了。小乘律有杀戒而不戒食肉，盖杀生而食已在戒中，唯自死鸟残等肉仍在不禁之列，至大乘律始明定食肉戒，如《梵网经》菩萨戒中所举，其辞曰：

> 若佛子故食肉，——一切众生肉不得食：夫食肉者断大慈悲佛性种子，一切众生见而舍去。是故一切菩萨不得食一切众生肉，食肉得无量罪，——若故食者，犯轻垢罪。

贤首疏云：

轻垢者，简前重戒，是以名轻，简异无犯，故亦名垢。又释，渎污清净行名垢，礼非重过称轻。

因为这里没有把杀生算在内，所以算是轻戒，但话虽如此，据《目连问罪报经》所说，犯突吉罗众学戒罪，如四天王寿，五百岁堕泥犁中，于人间数九百千岁，此堕等活地狱，人间五十年为天一昼夜，可见还是不得了也。

我读《旧约·利未记》，再看大小乘律，觉得其中所说的话要合理得多，而上边食肉戒的措辞我尤为喜欢，实在明智通达，古今莫及。《入楞伽经》所论虽然详细，但仍多为粗恶凡人说法，道世在《诸经要集》中酒肉部所述亦复如是，不要说别人了。后来讲戒杀的大抵偏重因果一端，写得较好的还是莲池的《放生文》和周安士的《万善先资》，文字还有可取，其次《好生救劫编》《卫生集》等，自剑以下更可以不论，里边的意思总都是人吃了虾米再变虾米去还吃这一套，虽然也好玩，难免是幼稚了。我以为菜食是为了不食肉，不食肉是为了不杀生，这是对的，再说为什么不杀生，那么这个解释我想还是说不欲断大慈悲佛性种子最为得体，别的总说得支离。众生有一人不得度的时候自己决不先得度，这固然是大乘菩萨的弘愿，但凡夫到了中年，往往会看轻自己的生命而尊重人家的，并不是怎么奇特的现象。难道肉体渐近老衰，精神也就与宗教接近么？未必然，这种态度有的从宗教出，有的也会从唯物论出的。或者有人疑心唯物论者一定是主张强食弱肉的，却不知道也可以成为大慈悲宗，好像是《安士全书》信者，所不同的他是本于理性，没有人吃虾米那些律例而已。

据我看来，吃菜亦复佳，但也以中庸为妙，赤米、白盐、绿葵、紫蓼之外，偶然也不妨少进三净肉，如要讲净素已不容易，再要彻底便有碰壁的危险。《南齐书·孝义传》纪江泌事，说他"食菜不食心，以其有生意也"，觉得这件事很有风趣，但是离彻底总还远呢。英国柏忒勒（Samuel Butler）所著《有何无之乡游记》（*Erewhon*）中第二十六七章叙述一件很妙的故事，前章题曰《动物权》，说古代有哲人主张动物的生存权，人民实行菜食，当初许可吃牛乳鸡蛋，后来觉得挤牛乳有损于小牛，鸡蛋也是一条可能的生命，所以都禁了，但陈鸡蛋还勉强可以使用，只要经过检查，证明确已陈年臭坏了，贴上一张"三个月以前所生"的查票，就可发卖。次章题曰《植物权》，已是六七百年过后的事了，那时又出了一个哲学家，他用实验证明植物也同动物一样地有生命，所以也不能吃，据他的意思，人可以吃的只有那些自死的植物，例如落在地上将要腐烂的果子，或在深秋变黄了的菜叶。他说只有这些同样的废物，人们可以吃了于心无愧。

即使如此，吃的人还应该把所吃的苹果或梨的核，杏核，樱桃核及其他，都种在土里，不然他就将犯了堕胎之罪。至于五谷，据他说那是全然不成，因为每颗谷都有一个灵魂像人一样，他也自有其同样地要求安全之权利。

结果是大家不能不承认他的理论，但是又苦于难以实行，逼得没法了便索性开了荤，仍旧吃起猪排牛排来了。这是讽刺小说的话，我们不必认真，然而天下事却也有偶然暗合的，如《文殊师利问经》云：

若为己杀，不得啖。若肉林中已自腐烂，欲食得食。若欲啖肉者，当说此咒：如是，无我无我，无寿命无寿命，失失，烧烧，破破，有为，除杀去。此咒三说，乃得啖肉，饭亦不食。何以故？若思惟饭不应食，何况当啖肉。

这个吃肉林中腐肉的办法岂不与陈鸡蛋很相像，那么烂果子黄菜叶也并不一定是无理，实在也只是比不食菜心更彻底一点罢了。

选自《看云集》

饭　菜

隔着一条钱塘江的杭州，每天早晨大都吃水泡饭，这事便大为绍兴的老百姓所看不起，因为他们自己是一天三顿煮饭吃的。每顿剩下来的冷饭，他们并不那么对付的吃了，却仍是放到锅（本地叫作镬）里同米一起煮，而且据说没有这个便煮不好饭，因为纯米煮成的饭是不"涨"的。因了三餐煮饭的关系，在做菜的方法上也发生了特别的情形，这便是偏重在蒸，方言叫作燠，这与用蒸笼去蒸的方法不同，只是在饭锅内搁在"饭架"上去，等到生米成为熟饭，它也一起的熟了。

普通的家常菜顶简单而又是顶重要的是干菜、腌菜、霉苋菜梗，其次是红霉豆腐与臭霉豆腐。干菜这里所说的是白菜干，外边通称为霉干菜，其实并没有什么霉，是整棵的晒干，吃时在饭上蒸过，一叶叶撕下来，就是那么咬了吃，老百姓往往托了一碗饭站着吃着，饭碗上蟠着一长条乌黑的干菜。此外有芥菜干，是切碎了再腌的，鲜时称备瓮（读作佩翁）菜，晒干了则名叫倒督菜，实在并不倒督，系装在缸甏里，因为它是怕潮湿的。腌菜也用白菜，普通都是切段蒸食，一缸可供一年的使用，生腌菜细切加麻油，是很好的粥菜，新的时候色如黄金，隔年过夏颜色发黑，叫作臭腌菜，又别有风味，但在外乡人恐怕不能领略，虽然他们也能吃得"臭豆腐"。苋菜梗据《越谚》卷中《饮食部》说，苋菜"其梗如蔗，段之腌之，气臭味佳，最下饭"。我的旧文章里也曾说及：

　　苋菜梗的制法，须俟其抽茎如人长，肌肉充实的时候，去叶取梗，切作寸许长短，用盐腌藏瓦坛中，候发酵即成，生熟皆可食，民间几乎家家皆制，每食必备，与干菜等为日用的副食物，苋菜梗卤中又可浸豆腐干，卤可蒸豆腐，味与柳豆腐相似，稍带苦涩，别有一种山野之趣。

这里的话并没有说错，但是遗漏了一点，便是腌苋菜梗要搁上些盐奶，所以它会得和柳豆腐相像，有点儿涩味。据《越谚》说，"煎盐时卤漏篾缝，遇火成乳，研食味较鲜于盐"云，这在柳豆腐中是不可缺的作料，但真的难得，或以竹箬包盐火烧制成，只是约略近似而已。

选自《鲁迅的故家》

窝窝头的历史

北方杂粮以玉米为主，玉米粉称为棒子面，亦称杂和面。因为俗称玉米为棒子，故得此名。南方人不懂，故有误解。从前的小说上，说穷苦妇女流着眼泪，把棒子面一根根往嘴里送。玉米面中掺和豆面在内，故称杂和，其实这如三七比例的掺入，就特别显得香甜，所以不算是什么粗粮，不过做成窝窝头，乃有似黑面包，普通当作穷人的食粮罢了。南方如浙东台州等处，老百姓也通常吃玉米面，却称作六谷糊。光绪丁酉年距今刚刚一周甲，我住在杭州，一个姓宋的保姆是台州人，经常带来吃，里边加上白薯，小时候倒觉得是很好吃的。普通做了饼来吃，便是所谓窝窝头，乃是做成圆锥形，而空其中，有拳头那么大，因为底下是个窝，故得是名。老百姓吃这东西，大概起源很早，历史上找不着纪录，当起于有玉米的时候了。本来这些事用不着努力去找它的缘起，现在不过如偶尔找到一点纪录，知道有什么时代，已经有过，那也未始不是很有意思的事吧。

窝窝头起源的历史是不可考了，但我们知道至少在明朝已经有这个名称，即是去今有三百多年的历史了。李光庭著《乡言解颐》卷五，载刘宽夫《日下七事诗》，末章中说及"爱窝窝"，小注云，"窝窝以糯米粉为之，状如元宵粉荔，中有糖馅，蒸熟外糁薄粉，上作一凹，故名窝窝。田间所食则用杂粮面为之，大或至斤许，其下一窝如臼而覆之。茶馆所制甚小，曰爱窝窝，相传明世中宫有嗜之者，因名御爱窝窝，今但曰爱而已。"照这样说，爱窝窝由于御爱窝窝的缩称，那么可见窝窝头的名称在明朝那时候已经有了。这也就是说，农民用玉米面做这种食品，用这个名称，也已经很久了。

天下事无独有偶，窝窝头的故事还有下文。北海公园有一家饭馆名叫"仿膳"，是仿御膳房的做法的意思。他们的有名食品里边，便有一种"小窝窝头"，据说是从前做来"供御"的，用栗子粉和入，现在则只以黄豆玉米粉加糖而已。所以北京市面上除真正窝窝头以外，还有两种爱窝窝与小窝窝头，留下一点历史的痕迹。"窝窝头"极是微小的东西，但不料有这么一段有意思的历史，可见在有些吃食东西上如加以考究，也一定有许多事情可以发现的。

原载《新民报晚刊》一九五七年十月十六日

爱窝窝

　　小时候最爱吃麻糍，这是纯糯米的糍巴，中裹豆沙或芝麻糖馅，但是北方没有，只有爱窝窝稍为相像。《燕都小食品杂咏》云，白粘江米入蒸锅，什锦馅儿面粉搓。浑似汤团不待煮，清真唤作爱窝窝。注云，爱窝窝，回人所售食品之一，以蒸透极烂之江米，待冷，裹以各色之馅，用面粉团成圆球，大小不一。我们常见的都是小而扁的一种，若加倍的大，便近于炙糕担上的麻糍了，爱窝窝的名义不甚可解，或写作艾，可是里边并没有艾之类，也不见得对。李光庭著《乡言解颐》中载刘宽夫《日下七事诗》，末章中说及爱窝窝，小注云，"窝窝以糯米粉为之，状如元宵粉荔，中有糖馅，蒸熟外糁薄粉，上作一凹，故名窝窝。田间所食则用杂粮面为之，大或至斤许，其下一窝如臼而覆之。茶馆所制甚小，曰爱窝窝，相传明世中宫有嗜之者，因名御爱窝窝，今但曰爱而已"。这里说爱窝窝名称的来源颇为近理，虽然查刘若愚的《酌中志》，在《饮食好尚纪略》一篇中不曾说及，普通玉米面的窝窝头其大如拳，清末也因宫中要吃，精制小颗，高才及寸许，北海仿膳茶社出售，一碟七八个，价比蟹黄包子矣，古今事亦正是无独有偶也。爱窝窝做法，以《小食品杂咏》注所说为可靠，倘如《乡言解颐》的话，则是煮元宵捞起来外拌米粉，事实上是做不成的。《杂咏》云浑似汤团不待煮，说得不错，虽然据我看来还不如说小麻糍更得要领，就只可惜不吃过麻糍的人也不能了然耳。

原载《亦报》一九五〇年六月十六日

谈油炸鬼

刘廷玑著《在园杂志》卷一有一条云：

东坡云，谪居黄州五年，今日北行，岸上闻骡驮铎声，意亦欣然。铎声何足欣，盖久不闻而今得闻也。昌黎诗，照壁喜见蝎。蝎无可喜，盖久不见而今得见也。子由浙东观察副使奉命引见，彼黄河至王家营，见草棚下挂油煠鬼数枚。制以盐水和面，扭作两股如粗绳，长五六寸，于热油中煠成黄色，味颇佳，俗名油煠鬼。予即于马上取一枚啖之，路人及同行者无不匿笑，意以为如此鞍马仪从而乃自取自啖此物耶。殊不知予离京城赴浙省今十六年矣，一见河北风味不觉狂喜，不能自持，似与韩苏二公之意暗合也。

在园的意思我们可以了解，但说黄河以北才有油煠鬼却并不是事实。江南到处都有，绍兴在东南海滨，市中无不有麻花摊，叫卖麻花烧饼者不绝于道。范寅著《越谚》卷中饮食门云：

麻花,即油煤桧,迄今代远,恨磨业者省工无头脸,名此。

案此言系油煤秦会之,殆是望文生义,至同一癸音而曰鬼曰桧,则由南北语异,绍兴读鬼若举不若癸山。中国近世有馒头,其缘起说亦怪异,与油煤鬼相类,但此只是传说罢了。朝鲜权宁世编《支那四声字典》,第一七五Kuo字项下注云:

棵Kuo,正音。油煤棵子,小麦粉和鸡蛋,油煎拉长的点心。油炸;煤棵同上。但此一语北京人悉读作Kuei音,正音则唯乡下人用之。

此说甚通,鬼桧二读盖即由棵转出。明王思任著《谑庵文饭小品》卷三《游满井记》中云:

卖饮食者邀诃好火烧,好酒,好大饭,好果子。

所云果子即油棵子,并不是频婆林禽之流,谑庵于此多用土话,邀诃亦即吆喝,作平声读也。

乡间制麻花不曰店而曰摊,盖大抵简陋,只两高凳架木板,于其上和面搓条,傍一炉可烙烧饼,一油锅炸麻花,徒弟用长竹筷翻弄,择其黄熟者夹置铁丝笼中,有客来买时便用竹丝穿了打结递给他。做麻花的手执一小木棍,用以摊饼湿面,却时时空敲木板,的答有声调,此为麻花摊的一种特色,可以代呼声,告诉人家正在开淘有火热麻花吃也。麻花摊在早晨也兼卖粥,米粒少而汁厚,或谓其加小粉,亦未知真假。平常粥价一碗三文,麻花一股二文,客取麻花折断放碗内,令盛粥其上,如《板桥家书》

所说，"双手捧碗缩颈而吸之，霜晨雪早，得此周身俱暖"，代价一共只要五文钱，名曰麻花粥。又有花十二文买一包蒸羊，用鲜荷叶包了拿来，放在热粥底下，略加盐花，别有风味，名曰羊肉粥，然而价增两倍，已不是寻常百姓的吃法了。

麻花摊兼做烧饼，贴炉内烤之，俗称洞里火烧。小时候曾见一种似麻花单股而细，名曰油龙，又以小块面油炸，任其自成奇形，名曰油老鼠，皆小儿食品，价各一文，辛亥年回乡便都已不见了。面条交错作"八结"形者曰巧果，二条缠圆木上如藤蔓，炸熟木自脱去，名曰倭缠。其最简单者两股稍粗，互扭如绳，长约寸许，一文一个，名油馓子。以上各物《越谚》皆失载，孙伯龙著《南通方言疏证》卷四释小食中有馓子一项，注云：

《州志》方言，馓子，油煤环饼也。

又引《丹铅总录》等云，寒具今云曰馓子。寒具是什么东西，我从前不大清楚，据《庶物异名疏》云：

林洪《清供》云，寒具捻头也，以糯米粉和面麻油煎成，以糖食，据此乃油腻粘胶之物，故客有食寒具不濯手而污桓玄之书画者。

看这情形岂非是蜜供一类的物事乎？刘禹锡《寒具》诗乃云：

纤手搓来玉数寻，碧油煎出嫩黄深。
夜来春睡无轻重，压扁佳人缠臂金。

诗并不佳，取其颇能描写出寒具的模样，大抵形如北京西域斋制的奶油镯子，却用油煎一下罢了，至于和靖后人所说外面搽糖的或系另一做法，若是那么粘胶的东西，刘君恐亦未必如此说也。《和名类聚抄》引古字书云，"糫饼，形如葛藤者也"，则与倭缠颇相像，巧果油馓子又与"结果"及"捻头"近似，盖此皆寒具之一，名字因形而异，前诗所咏只是似环的那一种耳。麻花摊所制各物殆多系寒具之遗，在今日亦是最平民化的食物，因为到处皆有的缘故，不见得会令人引起乡思，我只感慨为什么为著述家所舍弃，那样地不见经传。刘在园、范啸风二君之记及油炸鬼真可以说是豪杰之士，我还想费些工夫翻阅近代笔记，看看有没有别的记录，只怕大家太热心于载道，无暇做这"玩物丧志"的勾当也。

附记

尤侗著《艮斋续说》卷八云："东坡云，滴居黄州五年，今日北行，岸上闻骡驮锋声，意亦欣然，盖不闻此声久矣。韩退之诗，照壁喜见蝎，此语真不虚也。予谓二老终是宦情中热，不忘长安之梦。若我久卧江湖，鱼鸟为侣，骡马鞭铎耳所厌闻，何如欸乃一声耶。京邸多蝎，至今谈虎色变，不意退之喜之如此，蝎且不避而况于臭虫乎。"西堂此语别有理解。东坡蜀人何乐北归，退之生于昌黎，喜蝎或有可原，唯此公太热中，故亦令人疑其非是乡情而实由于宦情耳。 廿四年十月七日记于北平。

补记

张林西著《琐事闲录》正续各两卷，咸丰年刊。续编卷上有关于油炸鬼的一则云："油炸条面类如寒具，南北各省均食此点心，或呼果子，或呼为油胚，豫省又呼为麻糖，为油馍，即都中之油炸鬼也。鬼字不知当作何字。长晴岩观察臻云，应作桧字，当日秦桧既死，百姓怒不能释，因以面肖形炸而食之，日久其形渐脱，其音渐转，所以名为油炸鬼，语亦近似。"案此种传说各地多有，小时候曾听老妪们说过，今却出于旗员口中觉得更有意思耳。个人的意思则愿作"鬼"字解，稍有奇趣，若有所怨恨乃以面肖形炸而食之，此种民族性殊不足嘉尚也。秦长脚即极恶，总比刘豫、张邦昌以及张弘范较胜一筹罢，未闻有人炸吃诸人，何也？我想这骂秦桧的风气是从《说岳》及其戏文里出来的。士大夫论人物，骂秦桧也骂韩侂胄更是可笑的事，这可见中国读书人之无是非也。民国廿四年十二月廿八日补记

原载《宇宙风》一九三五年第三期

再谈油炸鬼

前写《谈油炸鬼》一小文，登在报上，后来又收集在《苦竹杂记》里边。近阅李登斋的《常谈丛录》，卷八有《油煠果》一条，其文云：

> 市中每以水调面，捏切成条大如指，双叠牵长近尺，置热油中煎之，匄大如儿臂，已熟作嫩黄色，仍为双合形，撕之亦可成两。货之一条价二钱，此即古寒具类，今远近皆有之，群呼为油煠鬼，骤闻者骇焉，然习者以为常称，不究其义。后见他书有称油煎食物为油果者，乃悟此为油煠果，以果与鬼音近而转讹也。鬼之名不祥不雅，相混久宜亟为正之，否则安敢以此鬼物进于尊贵亲宾之前耶。

油炸鬼在吾乡只是民间寻常食品，虽然不分贫富都喜欢吃，却不能拿来请客（近年或有例外，不在此列），所以尊贵亲宾云云似不甚妥，若其主张鬼字原为果字，则与鄙见原相似也。又前次我征引孙伯龙的《南通方言疏证》，却没有检查他的《通俗常言疏证》，其第四册"饮食门"内有一条云：

油爆鬼儿。《国文教科书》有"油炸烩"三字，按字典无"炸烩"二字，然元人杂剧有"炮声如雷炸"语，炸音诈，字典遗乏耳。《教科书》读炸为闸，非也，爆乃音闸耳。《梦笔生花·杭州俗语杂对》："油爆鬼，火烧儿。"又元张国宾《大闹相国寺》剧："那边卖的油爆骨朵儿，你买些来我吃。"按，骨鬼音转，今云"油爆鬼儿"是也。

油爆骨突儿大约确是鬼的前身，却出于元曲，比明代的"好果子"还早，所以更有意思。我想这种油爆面食大概古已有之，所谓压扁佳人缠臂金的寒具未必不是油炸鬼一，不过制法与名称不详，所以其世系也只得以元朝为始了。

近时的人喜欢把他拉到秦桧的身上去，说这实在是油炸桧。这个我觉得很不合道理。第一，秦桧原不是好人，但他只是一个权奸，与严嵩一样，（还不及魏忠贤罢？）而世间特别骂他构和，这却不是他的大罪。我们生数百年后，想要评论南宋和战是非，似乎不甚可靠，不如去问当时的人，这里我们可以找鼎鼎大名的朱子来，我想他的话总不会大错的罢。《语类》卷百三十一有云：

> 秦桧见虏人有厌兵意，归来主和，其初亦是。使其和中自治有策，后当逆亮之乱，一扫而复中原，一大机会也。惜哉。

又云：

> 倜问，高宗若不肯和，必成功。曰，也未知如何，将

骄惰不堪用。

由此可知，朱晦庵并不反对构和，他只可惜和后不能自强以图报复。第二，秦桧主和，保留得半壁江山，总比做金人的奴皇帝的刘豫、张邦昌为佳，而世人独骂秦桧，则因其杀岳飞也。张浚杀曲端也正是同样冤屈，而世人独骂秦桧之杀岳飞，则因有《精忠岳传》之宣传也。国人的喜怒全凭几本小说戏文为定，岂非天下的大笑话，人人骂曹操捧关羽亦其一例。第三，有所怨恨，乃以面肖形炸而食之，此种民族性殊不足嘉尚。在所谓半开化民族中兴行种种法术，有黑魔术以伤害人为事，束草刻木为仇人形，禹步持咒，将刍灵火烧油煠或刀劈，则其人当立死。又如女郎为负心人所欺，不能穿红衫吊死去索偿于乡闾中，只好剪纸为人，背书八字，以绣花针七支刺其心窝，聊以示报。在世间原不乏此例，然有识者所不为，勇者亦不为也。小时候游过西湖，至岳坟而索然兴尽，所谓分尸桧已至不堪，那时却未留意，但见坟前四铁人，我觉得所表示的不是秦王四人而实是中国民族的丑恶，这样印象至今四十年来未曾改变。铸铁人，拿一棵树来说分尸，那么拿一条面来说油煠自无不可，然这种根性实在要不得，怯弱阴狠，不自知耻。（孔子说过，知耻近乎勇。）如此国民何以自存，其屡遭权奸之害，岂非所谓物必自腐而后虫生者耶。

我很反对思想奴隶统一化。这统一化有时由于一时政治的作用，或由于民间习惯的流传，二者之中以后者为慢性的，难于治疗，最为可怕。那时候有人来扎他一针，如李贽、邱濬、赵翼、俞正燮、汪士铎、吕思勉之徒的言论，虽然未必就能救命，也总可放出一点毒气，不为无益。关于秦始皇、王莽、王安石的案，秦桧的案，我以为都该翻一下，稍为奠定思想自由的基础，虽然太平天国一案我还不预备参加去翻。这里边秦案恐怕最难办，盖如我的朋友（未得同意暂不举名）所说，和比战难，战败仍不失为民族英雄（古时自己要牺牲性命，现在还有地方可逃），和成则是万世罪人，故主和实在更需要有政治的定见与道德的毅力也。

选自《瓜豆集》

苋菜梗

近日从乡人处分得腌苋菜梗来吃，对于苋菜仿佛有一种旧雨之感。苋菜在南方是平民生活上几乎没有一天缺的东西，北方却似乎少有，虽然在北平近来也可以吃到嫩苋菜了。查《齐民要术》中便没有讲到，只在卷十列有人苋一条，引《尔雅》郭注，但这一卷所讲都是"五谷果瓜菜茹非中国物产者"，而《南史》中则常有此物出现，如《王智深传》云，"智深家贫无人事，尝饿五日不得食，掘苋根食之。"又《蔡樽附传》云，"樽在吴兴不饮郡斋井，斋前自种白苋紫茄以为常饵，诏褒其清。"都是很好的例。

苋菜据《本草纲目》说共有五种，马齿苋在外。苏颂曰："人苋白苋俱大寒，其实一也，但大者为白苋，小者为人苋耳，其子霜后方熟，细而色黑。紫苋叶通紫，吴人用染爪者，诸苋中唯此无毒不寒。赤苋亦谓之花苋，茎叶深赤，根茎亦可糟藏，食之甚美味辛。五色苋今亦稀有，细苋俗谓之野苋，猪好食之，又名猪苋。"李时珍曰："苋并三月撒种，六月以后不堪食，老则抽茎如人长，开细花成穗，穗中细子扁而光黑，与青葙子鸡冠子无别，九月收之。"《尔雅·释草》："蒉赤苋"，郭注云："今之苋赤茎者"，郝懿行疏乃云："今验赤苋茎叶纯紫，浓如燕支，根浅赤色，人家或种以饰园庭，不堪唉也。"照我们经验来说，嫩的紫苋固然可以瀹食，但是"糟藏"的却都用白苋，这原只是一乡的习俗，不过别处的我不知道，所以不能拿来比较了。

说到苋菜同时就不能不想到甲鱼。《学圃余疏》云："苋有红白二种，素食者便之，肉食者忌与鳖共食。"《本草纲目》引张鼎曰："不可与鳖同食，生鳖瘕，又取鳖肉如豆大，以苋菜封裹置土坑内，以土盖之，一宿尽变成小鳖也。"其下接联地引汪机曰："此话屡试不验。"《群芳谱》采张氏的话稍加删改，而末云"即变小鳖"之后却接写一句"试之屡验"，与原文比较来看未免有点滑稽。这种神异的物类感应，读了的人大抵觉得很是好奇，除了雀入大水为蛤之类无可着手外，总想怎么来试他一试，苋菜鳖肉反正都是易得的材料，一经实验便自分出真假，虽然也有越试越胡涂的，如《酉阳杂俎》所记，"蝉未脱时名复育，秀才韦翾庄在杜曲，常冬中掘树根，见复育附于朽处，怪之，村人言蝉固朽木所化也，翾因剖一视之，腹中犹实烂木。"这正如剖鸡胃中皆米粒，遂说鸡是白米所化也。苋菜与甲鱼同吃，在三十年前曾和一位族叔试过，现在族叔已将七十了，听说还健在，我也不曾肚痛，那么鳖瘕之说或者也可以归入不验之列了罢。

苋菜梗的制法须俟其"抽茎如人长"，肌肉充实的时候，去叶取梗，切作寸许长短，用盐腌藏瓦坛中；候发酵即成，生熟皆可食。平民几乎家家皆制，每食必备，与干菜腌菜及螺蛳霉豆腐千张等为日用的副食物，苋菜梗卤中又可浸豆腐干，卤可蒸豆腐，味与"溜豆腐"相似，稍带枯涩，别有一种山野之趣。读外乡人游越的文章，大抵众口一词地讥笑土人之臭食，其实这是不足怪的，绍兴中等以下的人家大都能安贫贱，敝衣恶食，终岁勤劳，其所食者除米而外唯菜与盐，盖亦自然之势耳。干腌者有干菜，湿腌者以腌菜及苋菜梗为大宗，一年间的"下饭"差不多都在这里，《诗》云，我有旨蓄，可以御冬，是之谓也，至于存置日久，干腌者别无问题，湿腌则难免气味变化，顾气味有变而亦别具风味，此亦是事实，原无须引西洋干酪为例者也。

《邵氏闻见录》云："汪信民尝言，人常咬得菜根则百事可做，胡康侯闻之击节叹赏。"俗语亦云："布衣暖，菜根香，读书滋味长。"明洪应明遂作《菜根谭》以骈语述格言，《醉古堂剑扫》与《娑罗馆清言》亦均如此，可见此体之流行一时了。咬得菜根，吾乡的平民足以当之，所谓菜根者当然包括白菜芥菜头，萝卜芋艿之类，而苋菜梗亦附其下，至于苋根虽然救了王智深的一命，实在却无可吃，因为在只是梗的末端罢了，或者这里就是梗的别称也未可知。咬了菜根是否百事可做，我不能确说，但是我觉得这是颇有意义的，第一可以食贫，第二可以习苦，而实在却也有清淡的滋味，并没有蓏这样难吃，胆这样难尝。这个年头儿人们似乎应该学得略略吃得起苦才好。中国的青年有些太娇养了，大抵连冷东西都不会吃，水果冰激淋除外，我真替他们忧虑，将来如何上得前敌，至于那粉泽不去手，和穿红里子的夹袍的更不必说了。其实我也并不激烈地想禁止跳舞或抽白面，我知道在乱世的生活中耽溺亦是其一，不满于现世社会制度而无从反抗，往往沉浸于醇酒妇人以解忧闷，与中山饿夫殊途而同归，后之人略迹原心，也不敢加以非薄，不过这也只是近于豪杰之徒才可以，决不是我们凡人所得以援引的而已。——喔，似乎离本题太远了，还是就此打住，有话改天换了题目再谈罢。

选自《看云集》

羊肝饼

有一件东西，是本国出产的，被运往外国经过四五百年之久，又运了回来，却换了别一个面貌了。这在一切东西都是如此，但在吃食有偏好关系的物事，尤其显著，如有名茶点的"羊羹"，便是最好的一例。

"羊羹"这名称不见经传，一直到近时北京仿制，才出现市面上。这并不是羊肉什么做的羹，乃是一种净素的食品，系用小豆做成细馅，加糖精制而成，凝结成块，切作长物，所以实事求是，理应叫作"豆沙糖"才是正办。但是这在日本（因为这原是日本仿制的食品）一直是这样写，他们也觉得费解，加以说明，最近理的一种说法是，这种豆沙糖在中国本来叫作羊肝饼，因为饼的颜色相像，传到日本，不知因何传讹，称为羊羹了。虽然在中国查不出羊肝饼的故典，未免缺恨，不过唐朝时代的点心有哪几种，至今也实难以查清，所以最好承认，算是合理的说明了。

传授中国学问技术去日本的人，是日本的留学僧人，他们于学术之外，还把些吃食东西传过去。羊肝饼便是这些和尚带回去的食品，在公历十五世纪"茶道"发达时代，便开始作为茶点而流行起来。在日本文化上有一种特色，便是"简单"，在一样东西上精益求精的干下来，在吃食上也有此风，于是便有一家专做羊肝饼（羊羹）的店，正如做昆布（海带）的也有专门店一样。结果是"羊羹"大大的有名，有纯粹豆沙的，这是正宗，也有加栗子的，或用柿子做的，那是旁门，不足重了。现在说起日本茶食，总第一要提出"羊羹"，不知它的祖宗是在中国，不过一时无可查考罢了。

　　近时在中国市场上，又查着羊肝饼的子孙，仍旧叫作"羊羹"，可是已经面目全非，——因为它已加入西洋点心的队伍里去了。它脱去了"简单"的特别衣服，换上了时髦装束，做成"奶油""香草"，各种果品的种类。我希望它至少还保留一种，有小豆的清香的纯豆沙的羊羹，熬得久一点，可以经久不变，却不可复得了。倒是做冰棍（上海叫棒冰）的在各式花样之中，有一种小豆的，用豆沙做成，很有点羊肝饼的意思，觉得是颇可吃得，何不利用它去制成一种可口的吃食呢。

原载《新民报晚刊》一九五七年八月一日

炒栗子

日前偶读陆祁孙的《合肥学舍札记》，卷一有《都门旧句》一则云：

> 往在都门得句云："栗香前市火，菊影故园霜。"卖炒栗时人家方莳菊，往来花担不绝，自谓写景物如画。后见蔡浣霞銮扬诗，亦有"栗香前市火，杉影后门钟"之句，未知孰胜。

将北京的炒栗子做进诗里去，倒是颇有趣味的事。我想芟婴居士文昭诗中常咏市井景物，当必有好些材料，可惜《紫幢轩集》没有买到，所有的虽然是有"堂堂堂"藏印的书，可是只得《画屏斋稿》等三种，在《艾集》下卷找到《时果》三章，其二是栗云：

> 风戾可充冬，食新先用炒。
>
> 手剥下夜茶，钉盘妃红枣。
>
> 北路虽上番，不如东路好。

居士毕竟是不凡,这首诗写得很有风趣,非寻常咏物诗之比,我很觉得喜欢,虽然自己知道诗是我所不大懂的。说到炒栗,自然第一联想到的是放翁的笔记,但是我又记起清朝还有些人说过,便就近先从赵云松的《陔馀丛考》查起,在卷三十三里找到《京师炒栗》一条,其文云:

> 今京师炒栗最佳,四方皆不能及。按宋人小说,汴京李和炒栗名闻四方,绍兴中陈长卿及钱恺使金,至燕山,忽有人持炒栗十枚来献,自白曰:"汴京李和儿也",挥涕而去。盖金破汴后流转于燕,仍以炒栗世其业耳,然则今京师炒栗是其遗法耶。

这里所说似乎有点不大可靠,如炒栗十枚便太少,不像是实有的事。其次在郝兰皋的《晒书堂笔录》卷四有《炒栗》一则云:

> 栗生啖之益人,而新者微觉寡味,干取食之则味佳矣,苏子由服栗法亦是取其极干者耳。然市肆皆传炒栗法。余幼时自塾晚归,闻街头唤炒栗声,舌本流津,买之盈袖,恣意咀嚼,其栗殊小而壳薄,中实充满,炒用糖膏则壳极柔脆,手微剥之,壳肉易离而皮膜不粘,意甚快也。及来京师,见市肆门外置柴锅,一人向火,一人坐高凳子上,操长柄铁勺频搅之令匀遍。其栗稍大,而炒制之法,和以濡糖,藉以粗沙亦如余幼时所见,而甜美过之,都市炫鬻,相染成风,盘饤间称佳味矣。偶读《老学庵笔记》二,言故都李和炒栗名闻四方,他人百计效之,终不可。绍兴中陈福公及钱上阁出使虏庭,至燕山忽有两人持炒栗各十裹来献,三节人亦人得一裹,自赞曰李和儿也,挥涕而去。惜其法竟不传,放翁虽著记而不能究言其详也。

所谓宋人小说，盖即是《老学庵笔记》，"十枚"亦可知是"十裹"之误。郝君的是有情趣的人，学者而兼有诗人的意味，故所记特别有意思，如写炒栗之特色，炒时的情状，均简明可喜，《晒书堂集》中可取处甚多，此其一例耳。糖炒栗子法在中国殆已普遍，李和家想必特别佳妙，赵君以为京师市肆传其遗法恐未必然。绍兴亦有此种炒栗，平常系水果店兼营，与北京之多由干果铺制售者不同。案，孟元老著《东京梦华录》卷八，《立秋》项下说及李和云：

> 鸡头上市，则梁门里李和家最盛。士庶买之，一裹十文，用小新荷叶包，糁以麝香，红小索儿系之。卖者虽多，不及李和一色拣银皮子嫩者货之。

李李村著《汴宋竹枝词》百首，曾咏其事云：

> 明珠的的价难酬，昨夜南风黄嘴浮。
>
> 似向胸前解罗被，碧荷叶裹嫩鸡头。

这样看来，那么李和家原来岂不也就是一爿鲜果铺么？放翁的笔记原文已见前引《晒书堂笔记》中，兹不再抄。三年前的冬天偶食炒栗，记起放翁来，陆续写二绝句，致其怀念，时已近岁除矣，其词云：

> 燕山柳色太凄迷，话到家园一泪垂。
>
> 长向行人供炒栗，伤心最是李和儿。

家祭年年总是虚，乃翁心愿竟何如。

故园未毁不归去，怕出偏门过鲁墟。

先祖母孙太君家在偏门外，与快阁比邻，蒋太君家鲁墟，即放翁诗所云"轻帆过鲁墟"者是也。案，《嘉泰会稽志》卷十七草部，荷下有云：

> 出偏门至三山多白莲，出三江门至梅山多红莲。夏夜香风率一二十里不绝，非尘境也，而游者多以昼，故不尽知。

出偏门至三山，不佞儿时往鲁墟去，正是走这条道，但未曾见过莲花，盖田中只是稻，水中亦惟有大菱茭白，即鸡头子也少有人种植。近来更有二十年以上不曾看见，不知是什么形状矣。廿九年三月二十日。

原载《中和月刊》一九四〇年一卷六期

卖　糖

崔晓林著《念堂诗话》卷二中有一则云："《日知录》谓古卖糖者吹箫，今鸣金。予考徐青长诗，敲锣卖夜糖，是明则卖饧鸣金之明证也。"案此五字见《徐文长集》卷四，所云青长当是青藤或文长之误。原诗题曰《昙阳》，凡十首，其五云：

> 何事移天竺，居然在太仓。
>
> 善哉听白佛，梦已熟黄粱。
>
> 托钵求朝饭，敲锣卖夜糖。

所咏当系王锡爵女事，但语颇有费解处，不佞亦只能取其末句，作为夜糖之一左证而已。查范啸凤著《越谚》卷中饮食类中，不见夜糖一语，即梨膏糖亦无，不禁大为失望。绍兴如无夜糖，不知小人们当更如何寂寞，盖此与炙糕二者实是儿童的恩物，无论野孩子与大家子弟都是不可缺少者也。夜糖的名义不可解，其实只是圆形的硬糖，平常亦称圆眼糖，因形似龙眼故，亦有尖角者，则称粽子糖，共有红白黄三色，每粒价一钱，若至大路口糖色店去买，每十粒只七八文即可，但此是三十年前价目，现今想必已大有更变了。梨膏糖每块须四文，寻常小孩多不敢问津，此外还有一钱可买者有茄脯与梅饼。以砂糖煮茄子，略晾干，原以斤两计，卖糖人切为适当的长条，而不能无大小，小儿多较量择取之，是为茄脯。梅饼者，黄梅与甘草同煮，连核捣烂，范为饼如新铸一分铜币大，吮食之别有风味，可与青盐梅竞爽也。卖糖者大率用担，但非是肩挑，实只一筐，俗名桥篮，上列木匣，分格盛糖，盖以玻璃，有木架交叉如交椅，置篮其上，以待顾客，行则叠架夹胁下，左臂操筐，俗语曰桥。虚左手持一小锣，右手执木片如笏状，击之声镗镗然，此即卖糖之信号也，小儿闻之惊心动魄，殆不下于货郎之惊闺与唤娇娘焉。此锣却又与他锣不同，直径不及一尺，窄边，不系索，击时以一指抵边之内缘，与铜锣之提索及用锣槌者迥异，民间称之曰镗锣，第一字读如国音汤去声，盖形容其声如此。虽然亦是金属无疑，但小说上常见鸣金收军，则与此又截不相像，顾亭林云卖饧者今鸣金，原不能说错，若云笼统殆不能免，此则由于用古文之故，或者也不好单与顾君为难耳。

卖糕者多在下午，竹笼中生火，上置熬盘，红糖和米粉为糕，切片炙之，每片一文，亦有麻糍，大呼曰麻糍荷炙糕。荷者语助词，如萧老老公之荷荷，唯越语更带喉音，为他处所无。早上别有卖印糕者，糕上有红色吉利语，此外如蔡糖糕、茯苓糕、桂花年糕等亦具备，呼声则仅云卖糕荷，其用处似在供大人们做早点心吃，与炙糕之为小孩食品者又异。此种糕点来北京后便不能遇见，盖南方重米食，糕类以米粉为之，北方则几乎无一不面，情形自大不相同也。

小时候吃的东西，味道不必甚佳，过后思量每多佳趣，往往不能忘记。不佞之记得糖与糕，亦正由此耳。昔年读日本原公道著《先哲丛谈》

卷二有讲朱舜水的几节,其一云:"舜水归化历年所,能和语,然及其病革也,遂复乡语,则侍人不能了解。"(原本汉文。)不佞读之怆然有感。舜水所语盖是余姚话也,不佞虽是隔县当能了知,其意亦唯不佞可解。余姚亦当有夜糖与炙糕,惜舜水不曾说及,岂以说了也无人懂之故欤。但是我又记起《陶庵梦忆》来,其中亦不谈及,则更可惜矣。廿七年二月廿五日,漫记于北平知堂。

附记

《越谚》不记糖色,而糕类则稍有叙述,如印糕下注云,"米粉为方形,上印彩粉文字,配馒头送喜寿礼。"又"麻糍"下云,"糯粉,馅乌豆沙,如饼,炙食,担卖,多吃能杀人。"末五字近于赘,盖昔曾有人赌吃麻糍,因以致死,范君遂书之以为戒,其实本不限于麻糍一物,即鸡骨头糕干如多吃亦有害也。看一地方的生活特色,食品很是重要,不但是日常饭粥,即点心以至闲食,亦均有意义,只可惜少有人注意,本乡文人以为琐屑不足道,外路人又多轻饮食而着眼于男女,往往闹出《闲话扬州》似的事件,其实男女之事大同小异,不值得那么用心,倒还不如各种吃食尽有滋味,大可谈谈也。廿八日又记。

原载《宇宙风》一九三八年第七十四期

臭豆腐

　　近日百物昂贵，手捏三四百元出门，买不到什么小菜。四百元只够买一块酱豆腐，而豆腐一块也要百元以上，加上盐和香油生吃，既不经吃也不便宜，这时候只有买臭豆腐最是上算了。这只要百元一块，味道颇好，可以杀饭，却又不能多吃，大概半块便可下一顿饭，这不是很经济的么。

　　这一类的食品在我们的乡下出产很多，豆腐做的是霉豆腐，分红霉豆腐、臭霉豆腐两种，（另）有霉千张，霉苋菜梗，霉菜头，这些乃是家里自制的。外边改称酱豆腐、臭豆腐，这也没有什么关系，但本地别有一种臭豆腐，用油炸了吃的，所以在乡下人看来，这名称是有点缠夹的了。更有意思的是，乡下所制干菜，有白菜干、油菜干、倒督菜之分，外边则统称之为霉干菜，干菜本不霉而称之曰霉，豆腐事实上是霉过的而不称为霉，在乡下人听了是很有点儿别扭的。

　　豆腐据说是淮南遗制，历史甚长，够得上说是中国文明的特产，现代科学盛称大豆的营养价值，所以这是名实相符的国粹。他的制品又是种类很多，豆腐，油豆腐，豆腐干，豆腐皮，千张，豆腐渣，此外还有豆腐浆和豆面包，做起菜来各具风味，并不单调，如用豆腐店的出品做成十碗菜，一定是比沙锅居的全猪席要好得多的。中国人民所吃的小菜，一半是白菜萝卜，一半是豆腐制品，淮南的流泽实是孔长了。

　　还有一件事想起来也很好玩的，便是西洋人永不会得吃豆腐，我们想象用了豆腐干油豆腐去做大菜，能够做出什么东西来，巴黎的豆腐公司之失败，也就是一个证明了。

　　　　　　　　　　　　原载《亦报》一九四九年十二月二十六日

吃豆腐

好几年前在上海，才听到"吃豆腐"这句话，在北京是一直没有听见过的。我们的乡下别有一句"吃大豆腐"，那是指办丧事时的素菜，所以是死的替代词。不管这些俗语的含义如何，豆腐这东西实在是很好吃的。就乡下的经验来说，豆腐顶好是炖豆腐，丧事时的大豆腐其实也即是这个，不过平时不那么叫，只是直称炖豆腐而已。

光绪年间，有近亲在大寺里打水陆道场，我去看了几天，别的多忘了，只记得有一天看和尚吃午饭，长板桌长板凳，排坐着许多和尚，合掌在念经，各人面前放着一大碗饭，一大碗萝卜炖豆腐，看去觉得十分好吃的。这是我对于豆腐一个不能忘记的印象，虽然家里做的原来也是一样的好吃，将豆腐先煮一过，加上笋干香菇，透味炖成，风味甚佳，有些老太太能吃长素，我颇疑心大半是因为有这一碗菜，而霉货与干菜也是一半的原因。

此外有溜豆腐，这里我姑且用溜黄菜的溜字，与醋溜鱼意义很不相同，此字应当从手从柳声才行，可惜没法子写。制法是把豆腐放入小钵头内，用竹筷六七只并作一起用力溜之，即是拿筷子急速画圈，等豆腐全化了，研盐种为末加入，在饭锅上蒸熟。盐种或称盐奶，云是烧盐时泡沫结成，后来不知何故甚不易得，或以竹叶包盐火烧代用，却不很佳。这与盐不同，微有涩味，即其特色。溜豆腐新成者也可以吃，但以老为佳，多蒸几回其味更加厚，即此一点亦甚适于穷人之用，价廉味美，往往一大碗可以吃上好几天，早晚有这些在桌上，正如东坡所说，亦何必要吃鸡豚也。

原载《亦报》一九四九年十二月三十日

吃　肉

从前有一个我的朋友，并非什么有名人，而且已经去世了，他说过一句很有意思的活，说凡可吃的东西他都能吃，只有人肉除外。我很赞同我的朋友的这句话，自己觉得也正是如此。话虽是这样说，人肉固然不吃，别的肉类也是吃的不多，没有什么值得说的。我吃过的四只脚的肉有猪、羊、牛、驴、狗、马、骆驼则不曾吃着，甲鱼与田鸡不知是否也该列在里边，两只脚的有鸡、鸭、鹅、雉鸡、柏子鸟、麻雀野味。我并不主张吃素，但也不赞成一定非吃肉不可，有些飞走的小动物，有如鸽子、兔子，不必搜求来吃，既有普通的鸡豚也就可以够了。我的意见大抵如古人所说，蒜葱鱼肉碰着便吃，觉得无须太是馋痨，一心想吃别个的肉，况且在现时这个肉价钱，要吃也实在不易。动物有草食肉食两种，生理各别，不能改善，人原是草肉兼食的，比较可有通融，西北草原的游牧民族通年把羊肉当饭，有些山乡的老百姓每天只吃番薯与六谷（玉米）糊，也一样的生活下去。中国本部的人愁的只是没有饭吃（包含面与杂粮在内），没有肉吃怕什么。列位不要以为这是《伊索寓言》里的狐狸，因为够不着所以说是酸葡萄，我的话是代表中国的穷人说的，自然也连自己在内，乃是由衷的真话。

《孟子疏》中说七十者不食肉不饱，虽是好意却并非事实，至少现时的老头子没有这样的好胃口，即吃也甚有限，这里可见古今人之不同，但同时又有一句云肉食者鄙，这倒有几分道理，假如要找酸葡萄的口实，庶几可以适用吧。

原载《亦报》一九五〇年一月五日

吃烧鹅

春天来了，一眨眼就是春分清明，又是扫墓时节了。小时候扫墓采杜鹃花的乐趣到了成年便已消失，至今还记忆着的只有烧鹅的味道，因为北方没有这东西，所以特别不能忘记也未可知。在乡下的上坟酒席中，一定有一味烧鹅，称为熏鹅，制法与北京的烧鸭子一样，不过他并不以皮为重，乃是连肉一起，蘸了酱油醋吃，肉理较粗，可是我觉得很好吃，比鸭子还好。烧鹅之外，还有糟鹅和白鲞扣鹅，也都是很好的。北京有鹅却并不吃，只是在结婚仪式上用洋红染了颜色，当作礼物，随后又卖给店里，等别的人家使用，我们旁观者看他就是这样的养老了，实在有点可惜。大概这还是奠雁的遗意，雁捉不到，便把鹅来替代，反正雁也就是野鹅，鹅的样子颇不寒碜，的确可以替代得过。相传王羲之爱鹅，大抵也是赏识他的神气，陆农师在《埤雅》中说，鹅善转旋其项，古之学书者法以动腕，羲之好鹅者以此，乃是十足乡下人的话，未免有点可笑。羲之旧宅在戢山下，后来舍宅为寺，颜曰戒珠，后人望文生义，便造出传说来，云有珠为鹅所吞，疑人窃去，未几鹅死剖腹得珠，乃大悔恨，遂舍宅而称以戒珠云。案戒珠本佛教成语，谓戒如璎珞珠，如云以珠为戒，反为不词，至于

◎卤味店

鹅吞珠事见于《贤愚因缘经》，赞颂梵志的守戒与穿珠师的忏悔，反复唱说，是绝好一篇弹词，与羲之自无关系，惟以鹅故而被牵连说及，则亦不能说全没有因缘也。

原载《亦报》一九五〇年二月二十日

吃鹅肉

读了公白先生的一篇《糟高头》，不禁发生怀乡之念来，因为我喜欢鹅肉，无论是糟鹅、熏鹅或是扣鹅，而这在北京是吃不到的，在乡下鹅肉不算是好东西，因为肉粗，平常新年请客或较好的忌日酒上都不使用，在饭馆里也不预备这一样菜，有的只是鸡鸭，我却就是喜欢它的粗里带有甘（并不是甜）味，所以觉得比鸡鸭还可取，但是因为上述的原因，平时也不大有，要等有什么特殊的机会。上坟时节，不晓得为什么缘故，照例要用熏鹅，蘸了酱酒醋吃非常的好。此外祠堂的祭祀，例如春分，就有扣鹅作为扣鸡的代用品，那都是一桌上一碗，可以吃得到嘴罢了。最好的是过年祝福，三牲中有一只鹅，栈养得很肥大的，祭过神之后除留下一点扣鹅的材料外，大部分都是糟了，这容得我们直吃到收灯的时候。北京并不是没有鹅，但是被当作雁看待，我们在桌上碗里吃不着它，只看得它染得红红的，被人抬着送往新娘家去，古色古香的去"奠雁"，卖了之后，是收下又卖出呢，还是租用了退还呢，总之又出来了，准备下一次又染了送去。我也曾想到买它来吃怎么样？但是怕送礼送老了，未必有什么好吃了。我们乡下一般并不忌讳说吃鹅肉，虽然也有别号叫做港流，上一字读如戇大的戀，小时候便听见祖母这样的说，其原因当然是从忌讳来的。

原载《亦报》一九五一年六月三十日

吃 鱼

生长在江浙的人说起鱼来，大概总觉得一种爱好，孟子说鱼亦我所欲也，可见这并不论地域，现在只就自己所知道的的来说罢了。水乡不必说了，便是城里也都是河道，差不多与大街小巷平行着，一叶渔舟，沿河高呼"鱼荷虾荷"，在门外河步头就可以买到。若是大一点的，有如胖头鲢鱼、鲫鱼之类，自然在早市更为齐全便利，总之在那里鱼虾的供给是与白菜萝卜一样的普遍的。

人家祭祖照例用十碗头，大抵六荤四素吧，从前叫厨司代办，一桌六百文，三鲜里有鱼圆，此外总有一碗煎鱼，近似所谓瓦块鱼。在杭州隔江的西兴镇，饭店老板劝客点菜，也总提议来一碟烤虾一块煎鱼，算作代表的家常菜。农工老百姓平常少吃肉，鱼介却是常用。鱼固然只是小鲜，介则范围颇广，虾蛏螺蚌，得着便吃，价亦不贵。此外宁波来的海味，除白鲞外，王瓜头鲞、带鱼勒鲞以及淮蟹，因腌货可储藏而又杀饭，大家爱用，南货店之店铺多，生意好，别处殆鲜有其比。古人称越人断发文身，与蛟龙斗，与蛙黾处，现在不是那样了，但其与水族的情分总之还是很不错的。北方虽然也有好些大河，鱼却不可多得，不能那么大众化了，一般人

大家
赏读

吃不着，咸鱼也少见，南货店多只卖干果类，稻香村之类的地方带买一点鱼鲞，这又成了贵货，不是平民的食品了。大概鱼类宜于吃饭，自然吃酒更好，若是面食那便用处很少，除非是吃黄鱼面或划水面，但这又不是北方普通的吃法，供给不多，需求又少，其所以不能大众化，盖非无故也。

原载《亦报》一九五〇年一月四日

吃青椒

　　五味之中只有辣并非必要，可是我所最喜欢的却正是辣。生物的身体里本来自有咸酸苦甜各味，只须吸收原料，自能制造，人类因为文化的习惯，最简单的生话也还得需要咸味。其他也可以从略了。五味学习的次序以甜为第一，次为咸酸，苦又在其次，至今用处还不大，芦芽微苦还可以吃，苦瓜便不普遍，虽然称作锦荔枝，小孩吃里边的红瓤，倒是常有的事，若是金鸡纳霜炖肉，到底没有人要请教了。至于辣火，这名字多么惊人，也实在能够表示出他的德性来，火一般的烧灼你一下，不惯的人觉得这味觉真是已经进了痛的区域了。而且辣的花样也很繁多，容易辨得出来，不像别的那么简单，例如生姜辣得和平，青椒（乡下称为辣茄）很凶猛，胡椒芥末往鼻子里去，青椒则冲向喉咙，而且辣得顽固，不是一会儿就过去，却尽在那里辣着，辣火的嘉名原该是他所独占的。我的辣量本也平常，但是我却爱他，当他作辣味的代表。胡椒、芥末、咖喱粉之流都是调味料，不能单吃，生姜也只有糖姜干湿两样以及酱油浸的，可以整块的吃，还是单调，青椒的用处就大了。辣酱、辣子鸡、青椒炒肉丝，固然也好，我却喜欢以青椒为主体的，乡下用肉片豆腐干片炒整个小青椒是其一，又一种是在南京学堂时常吃的腌红青椒入麻油，以长方的侉饼蘸吃，实是珍味，至今不曾忘记，但北京似没有那么厚实的红辣茄，想起来真真可惜也。

原载《亦报》一九五〇年五月十六日

吃白果

　　白果树的历史很早，和它同时代的始祖鸟等已于几百万年前消灭了，它却还健在，真可以算是植物界的遗老了。书上称它为鸭脚子，因为叶如鸭脚，又名公孙树，"言其实久而后生，公种而孙方食"。或谓左思赋中称作平仲，后来却不通行，一般还是叫它作白果，据说宋初入贡，乃改名银杏。日本称为耿南，乃是银杏音译转讹，树称伊曲，则是鸭脚的音译，而且都是后起的宋音，可见传入的年代也不很早，大概只是千年的历史罢了。白果的形状很别致，可是实在没有什么好吃，因为壳外有肉，大概是泡在水里让它烂掉的吧，所以带有臭气，而且白果自身也有一种特殊的气味，有些人不大喜欢。它的吃法我只知道有两种。其一是炒，街上有人挑担支锅，叫道"现炒白果儿"，小儿买吃，一文钱几颗，现买现炒。其二是煮，大抵只在过年的时候，照例煮藕脯，用藕切块，加红糖煮，附添白果红枣，是小时候所最期待的一种过年食品。此外似乎没有什么用处了，古医书云，白果食满千颗杀人，其实这种警告是多余的，因为谁也吃不到一百颗，无论是炒了或煮了来吃。

原载《亦报》一九五一年三月三十一日

糖与盐

从前在家乡的时候，每到年前总要买一点年货，以备过年之用，这差不多全是南货，我们小孩便担任开账之责，依据去年的旧账加以增减，我还记得糖这一部分，有什么台太、本间、台青这些名称。台太、台面都是细白好看的糖，只买一点，给新年客人蘸粽子年糕吃之用，平常使用的多是本间，颜色微黄而鲜甜，台青则是红糖，有时煮藕脯等也非特别用这个不可，流质的黑糖名为泉水，品级似乎最低，却亦自有风味。这些精炼的上等物事往往好看不中吃，现代五磅十磅一袋的砂糖，四角的车糖，我觉得是台太的一路，正如西餐桌上的精盐，光有咸味而不鲜美，殊不足取。乡下买的粗盐，里边固然有杂质在内，但因此反而比精盐更多鲜味，我想如用那种精盐去腌白菜、芥菜，那么味道一定未必有那么好吧。喝水也是泉水最好吃，雨水河水（自来水的来源）次之，若是蒸馏水，虽然顶合于卫生，可是其淡而无味，正与一切精炼的东西一样，这是纯净的化学化合物，因其纯所以也成为单调了。人类中间的知识阶级与学者也是经过了一番提炼的东西，把原来的泥土气洗掉了，便也失却了本色，与一般人民有了间隔，虽不相违反，也总难以接近。谈糖与盐的事而拉到人上面去，有似古文《卖柑者言》的作法，但这个比喻谁都容易联想到，所以未能免俗的加在这里，其实这或者还是转合的老调，也未可知。

原载《亦报》一九五〇年二月四日

腌　菜

在上海的乡友牛君旧年底写信来，内有一节云："新腌腌菜，卤水淘饭，四岁小儿亦欢喜之，可见其鲜，如能加几只开洋，一定更好，可惜开洋贵得很，瑶柱要十六万一斤，越加买不起了。"我们家里在冬季也腌了些菜，预备等到夏天吃"臭腌菜"，名臭而实香，生熟都好吃，可是经牛君一提，便忍不住先蒸了碗，而且搁上些"开洋"。北京的白菜本来是好的，所以显得比乡下的似乎更好。开洋大概指的是小的虾米，我们用的较大，在开洋与金钩之间，价目也较便宜，只要二千五百元一两，才比瑶柱四分之一罢了。说到腌菜，觉得实在是很好的小菜，其用处之大在世间所谓霉干菜之上。它的缺点就是只适宜于吃米饭，面食便不很相宜。筵菜中还可以有干菜鸭，腌菜也仍然没有用场，可见这是纯民间的产物，是一点没有富贵气味的，若讲吃场的话，牛兄的小儿已为证明菜汤之鲜，再吃得考究一点，金黄的生腌菜细切拌麻油，或加姜丝，大段放汤，加上几片笋与金钩，这样便可以很爽口的吃下一顿饭了。只要厨房里有地方搁得下容积二十加仑的一只水缸，即可腌制，古人说是御冬，其实它的最大用处还是在于过夏，上边所说的也正是夏天晚饭的供应。我对于干菜有点不大恭维,但是酷热天气,用简单的干菜汤淘饭也是极好,决不亚于虾壳笋头汤的。

原载《亦报》一九五二年二月八日

腌鱼腊肉

腌鱼腊肉是很好吃的东西，特别我们乡下人是十分珍重的。这里边自然也有珍品，有如火腿家乡肉之类，但大抵还以自制的为多，如酱鸭风鸡，糟鹅糟肉，在物力不很艰难的时光，大抵也比制备腌菜、干菜差不了多少，因为家禽与白菜都可能自备，只有猪肉须得从店铺里去买来。上边所说的腊味大都是冬天的制品，其用处在新年新岁，市场休息，买办不便的时候，可以供应给客人，也可自吃，与冻肉与同样的功用。至于腌鱼，除青鱼干（但亦干而非腌）外多是店里的东西，我们在乡下所见的大概都来自宁波，其种类似乎要比在上海为多，南货店的物品差不多以为一大宗，成斤成捆的卖出去，不比山珍海味，一年难得销出多少，所以称他为咸店也实在名副其实。富人每日烹鲜击肥，一般人没有这份儿，咬腌鱼过日子，也是一种食贫，只是因为占了海滨的光，比吃素好一点儿，但是缺乏维他命，所以实际上还是吃盐味而已，这里须要菜蔬来补他一下，可是恰巧这一方面又是腌菜为主，未免是一个缺点。唯一的救星只有豆腐，这总是到处都有，谁都吃得起，一块咸鱼，大碗大蒜（叶）煎豆腐，不算什么好东西，却也已够好，就现今可以说是穷措大的盛馔。

原载《亦报》一九五〇年二月二十三日

鱼 腊

　　风鱼腊肉是乡下的名物，最有名的自然要算火腿与家乡肉了，但是这未免太华贵一点，而且也有缺点，虽然说是熏腊，日子久了也要走油"哈拉"，别的不说，分量总是要减少了。在久藏不坏这一点上，鱼干的确最好，三尺长的螺蛳青，切块蒸熟，拗开来肉色红白鲜明，过酒下饭都是上品。但是我觉得最喜欢的还是鱼腊，这末一字要注明并非"腊月"的"臘"字的简写，就是那么从肉昔声的字。范寅《越谚》注云音"昔"，"夏白鲦用椒酒酱烹烘"，范君这注有点电报式的，须得加以补充，这就是说夏天取白鲦较小者，用酱油加酒和花椒煮熟，炭火烘干，须家中自制，市上并无出售。这鱼风味淡白，可看可点，收藏在瓷瓶里，随时摸出几条来，不必蒸煮就可以吃，味道总是那么鲜美，这是它特别的特色。秋高气爽，大概是宜于喝老酒的时候吧，我说这话，未免显得馋痨相，其实这只是表面如此，若是里面则心想鱼腊。眼看的却是自己的文章，这些写下来才有一个月之久，登山来看时多已生了白花或是青毛，至少也有霉黩气，心想若能像风鱼腊肉那样经久一点，岂不很好，其中理想自然以鱼腊为第一，而惜乎其不可能也。新鲜一路的文章也很好，如齐公的《在北京

◎ 水产店

吃肉》，我十分佩服，却是写不来，那东单的李记小店我也还是第一次听到，其门口的朝东朝西当然更不知道了。

原载《亦报》一九五〇年九月二十九日

菱　角

　　每日上午门外有人叫卖"菱角"，小孩们都吵着要买，因此常买十来包给他们分吃，每人也只分得十几个罢了。这是一种小的四角菱，比刺菱稍大，色青而非纯黑，形状也没有那样奇古，味道则与两角菱相同。正在看乌程汪曰桢的《湖雅》（光绪庚辰即一八八〇年出版），便翻出卷二讲菱的一条来，所记情形与浙东大抵相像，选录两则于后：

　　《仙潭文献》："水红菱"最先出。青菱有二种，一曰"花蒂"，一曰"火刀"，风干之皆可致远，唯"火刀"耐久，迨春犹可食。因塔村之"鸡腿"，生啖殊佳；柏林圩之"沙角"，熟瀹颇胜。乡人以九月十月之交撇荡，多则积之，腐其皮，如收贮银杏之法，曰"阉菱"。

　　《湖录》：菱与芰不同。《武陵记》："四角三角曰芰，两角曰菱。"今菱湖水中多种两角，初冬采之，曝干，可以致远，名曰"风菱"。唯郭西湾桑渎一带皆种四角，最肥大，夏秋之交，煮熟鬻于市，曰"熟老菱"。

　　按，鲜菱充果，亦可充蔬。沉水乌菱俗呼"浆菱"。乡人多于溪湖近岸处水中种之，曰"菱荡"，四围植竹，经绳于水面，闲之为界，曰

"菱竹"。……

越中也有两角菱，但味不甚佳，多作为"酱大菱"，水果铺去壳出售，名"黄菱肉"，清明扫墓时常用作供品，"迨春犹可食"，亦别有风味。实熟沉水抽芽者用竹制发篦状物曳水底摄取之，名"捎芽大菱"，初冬下乡常能购得，市上不多见也。唯平常煮食总是四角者为佳，有一种名"驼背白"，色白而拱背，故名，生熟食均美，十年前每斤才十文，一角钱可得一大筐，近年来物价大涨，不知需价若干了。城外河中弥望皆菱荡，唯中间留一条水路，供船只往来，秋深水长风起，菱科漂浮荡外，则为"散荡"，行舟可以任意采取残留菱角，或并摘菱科之嫩者，携归作菹食。明李日华在《味水轩日记》卷二（万历三十八年即一六一〇）记途中窃菱事，颇有趣味，抄录于左。

> 九月九日，由谢村取余杭道，曲溪浅渚，被水皆菱角，有深浅红及惨碧三色，舟行，掬手可取而不设滕橜，僻地俗淳，此亦可见。余坐篷底阅所携《康乐集》，遇一秀句则引一醉，酒渴思解，奴子康素工掠食，偶命之，甚资咀嚼，平生耻为不义，此其愧心者也。

水红菱只可生食，虽然也有人把他拿去作蔬。秋日择嫩菱瀹熟，去涩衣，加酒酱油及花椒，名"醉大菱"，为极好的下酒物（俗名过酒坯）。阴历八月三日灶君生日，各家供素菜，例有此品，几成为不文之律。水红菱形甚纤艳，故俗以喻女子的小脚，虽然我们现在看去，或者觉得有点唐突菱角，但是闻水红菱之名而"颇涉遐想"者，恐在此刻也仍不乏其人罢？

写《菱角》既了，问疑古君讨回范寅的《越谚》来一查，见卷中"大菱"一条说得颇详细，补抄在这里，可以纠正我的好些错误。甚矣，我的关于故乡的知识之不很可靠也！

> 老菱装篰，日浣，去皮，冬食，曰"酱大菱"。老菱脱蒂沉湖底，

明春抽芽，挽起，曰"挽芽大菱"，其壳乌，又名"乌大菱"。肉烂壳浮，曰"汆起乌大菱"，越以讥无用人。挽菱肉黄，剥卖，曰"黄菱肉"。老菱晾干，曰"风大菱"。嫩菱煮坏，曰"烂勃七"。

原载《语丝》一九二六年第九十二期

甘蔗荸荠

　　一定要说水果也是家乡的好，这似乎可以不必，而且事实上未必如此，所以无须这么说，可是仔细想起来，却实在并不假，那么为什么不可以说呢。若是问绍兴有什么好水果？其实也说不出来，不过那里水果多而且质朴，换句话说就是平民的，与北京相比，这很容易明白。北京水果除杏子、桃子、柿子外，梨与苹果，香蕉、柑橘，差不多都是贵重品，如要买一蒲包送人往往所费不贷，乡下便不一样，所谓贵有贵供，贱有贱鬻，鸭梨有用纸包的，与广柑文旦同请上坐，但不很值钱的还多得很，一两角小洋不难买上一篮。甘蔗荸荠，水红菱黄菱肉，青梅黄梅，金橘岩橘，各色桃李杏柿（杨梅易坏可惜除外），有三四种便可以成为很像样的一份了。我至今不希罕苹果与梨，但对于小时候所吃的粗水果还觉得有点留恋，顶上不了台盘的黄菱肉，大抵只有起码的水果包里才有，我却是最感觉有味，因为那是代表土产品的，有如杜园瓜菜，所谓土膏露气尚未全失，比起远路来的异果自有另外的一种好处。

原载《亦报》一九五一年三月二日

（上）◎ 甘蔗摊
（下）◎ 削荸荠的老人

关于荸荠

我写了一篇文章叫做《甘蔗荸荠》，篇中却只说起一遍，便不再提，这在从前写时文的时候叫做什么的呢，总之是很犯规矩的，所以现在再来补写一篇，关于荸荠多说几句。荸荠这名字不知道怎么讲，倒也算了，英国叫做水栗子，日本叫做黑茨菇，虽有意义，却很有傲气，可以想见是不懂得吃这东西的。荸荠自然最好是生吃，嫩的皮色黑中带红，漆器中有一种名叫荸荠红的颜色，正比得恰好。这种荸荠吃起来顶好，说它怎么甜并不见得，但自有特殊的质朴新鲜的味道，与浓厚的珍果正是别一路的。乡下有时也煮了吃，与竹叶和甘蔗的节同煮，给小孩吃了说可以清火，那汤甜美好吃，荸荠熟了只是容易剥皮，吃起来实在没有什么滋味了。用荸荠做菜做点心，凡是煮过了的，大抵都没有什么好吃，虽然切了片像藕片似的用糖醋渍了吃，还是没啥。此外有一种海荸荠，大概是海边植物的种子，形如小茨菇，大如花生仁，街上叫卖，一文钱一把，吃来甜中带咸，小孩们很是喜欢。甲午前后，杭州有过一家稻香村似的店，名曰野荸荠，不知何所取义，难道就是说的海荸荠么？

原载《亦报》一九五一年三月三日

再谈甘蔗

我相信小君先生的话，在《亦报》上谈谈食物，也不必过责，所以就来写了几篇，恰巧那都是中国所特有的，所以更放胆的下笔了。这里谈的是甘蔗，其实即是补足前回文不对题的那篇文章的。

关于甘蔗，就有一件笑话，证明外国人不会吃，即是不认得这东西。据说是二十年前了吧，有美国男女学生团体来北京，到燕京大学去参观，学生会招待他们，茶点中有一碟北方难得的甘蔗。这一节一节扁圆白净的东西，引起了客人的注意，有一个女学生拿了咬了一口，咀嚼之后，剩下了渣无法应付，不好意思吐出，要咽又咽不下去，正在翻白眼的时候，大概有女主人看见了，偷偷地告诉她，后来吐在小手巾内完事的吧。

普通水果店里一定有一把刨，先刨去皮，再用铡刀切成一寸左右的短节，但据说顾长康吃甘蔗从尾起，说渐入佳境，似乎古时也有整支咬了吃的，但或者这是他个人的古怪吃法也说不定。甘蔗只可生吃，煮了便是糖味，有人用小板凳似的家伙榨了汁吃，这也近似是糖水了，所以要吃甘蔗，还只有自己嚼的那一个旧法子。

原载《亦报》一九五一年三月七日

杨梅与笋

　　清末旗人遐龄所著《醉梦录》中有"莫疯子"一条, 记述吾乡的一个怪人云, "莫切崖, 元英, 行七, 浙江山阴县人也, 其人古貌古心, 不修边幅, 见人辄跪拜不已, 虽仆役亦然, 以此人皆以莫疯子呼之。然其学问渊博, 凡医术星相堪舆之术, 以及诗古文词, 无不通晓, 尤精于医, 多不循古方, 寓京师已三十余年矣。诗不多作, 曾记其二语云, 五月杨梅三月笋, 为何人不住山阴, 其不克还乡之苦况已露于言表"。久居燕山, 而不忘杨梅与笋, 此意甚可了解, 我亦素有此感。近时北方虽有笋来, 而终无鞭笋及猫笋, 洋莓只可与桑葚相比耳。《嘉泰会稽志》杨梅条下云, "又以雀眼竹筥盛贮为遗, 道路相望不绝, 识者以为唐人所称荔枝筐, 不过如此"。一定要说杨梅比得过荔枝, 那也未必, 但这的确是一种特别的果子, 生食固佳, 浸烧酒中半日, 啖之亦自有风味, 浸久则味在酒中, 即普通所谓杨梅烧, 乃是酒而非果矣。

　　吾乡烧酒其强烈自逊于北方的白干, 却别有香气, 尝得茅台酒饮之, 其气味亦相似, 想亦宜于浸杨梅, 若白干则未必可用, 此盖有似燕赵勇士, 力气有余而少韵致耳。蜜饯店制为杨梅脯, 乃是木乃伊, 干荔枝已是萎缩可怜，也还不至于此，即使想吃杨梅如大烟瘾发，呵欠频作，脯仍不吃可也。莫元英的事他无可考，此人盖是玩世不恭者流，其号曰切崖，即是自称七爷，此亦其一证也。

原载《亦报》一九五〇年六月九日

藕的吃法

报上说到玄武湖的莲花的用处，题曰《冬天吃藕》，有云："藕可做丸子，炒藕丝，切了块烧在粥饭中。"藕在果品中间的确是一种很特别的东西，巧对故事里的一弯西子臂，七窍比干心，虽似试帖诗的样子，实在是很能说出它的特别地方来。当作水果吃时，即使是很嫩的花红藕，我也不大佩服，还是熟吃觉得好。其一是藕粥与蒸藕，用糯米煮粥，加入藕去，同时也制成蒸藕了，因为藕有天然的空窍，中间也装好了糯米去，切成片时很是好看。其二是藕脯，实在只是糖煮藕罢了，把藕切为大小适宜的块，同红枣、白果煮熟，加入红糖，这藕与汤都很好吃，乡下过年祭祖时，必有此一品，为小儿辈所欢迎，还在鲞冻肉之上。其三是藕粉，全国通行，无须赘说。三者之中，藕脯纯是家常吃食，做法简单，也最实惠耐吃。藕粥在市面上只一个时候有卖，风味很好，却又是很普通的东西，从前只要几文钱就可吃一大碗，与荤粥、豆腐浆相差不远。藕粉我却不喜欢，吃时费事自是一个原因，此外则嫌它薄的不过瘾，厚了又不好吃，可以说是近于鸡肋吧。

原载《亦报》一九五一年三月六日

暖 锅

　　乡下冬天食桌上常用暖锅，普通家庭也不能每天都用，但有什么事情的时候，如祭祖及过年差不多一定使用的。一桌"十碗头"里面第一碗必是三鲜，用暖锅时便把这一种装入，大概主要的是鱼圆肉饼子，海参、粉条、白菜垫底，外加鸡蛋糕和笋片。别时候倒也罢了，阴历正月"拜坟岁"时实在最为必要，坐上两三小时的船，到了坟头在寒风上行了礼，回到船上来虽然饭和酒是热的，菜却是冰凉，中间摆上一个火锅，不但锅里的东西热气腾腾，各人还将扣肉、扣鸡以及底下的芋艿、金针菜之类都加了进去，"咕嘟"一会儿之后，变成一大锅大杂烩，又热又好吃，比平常一碗碗的单独吃要好得多。乡下结婚，不问贫富照例要雇喜娘照料，浙东是由堕民的女人任其事，她们除报酬以外还有一种权利，便是将新房和客人一部分的剩余肴馔拿回家去。她们用一只红漆的水桶将馂馀都倒在里边，每天家里有人来拿去，这叫作拼拢坳羹，名称不很好，但据说重煮一回来吃其味甚佳云。我没有机会吃过这东西，可是凭了暖锅的经验来说，上边的话，大概不全是假的。

原载《亦报》一九五一年一月二十五日

带皮羊肉

在家乡吃羊肉都带皮，与猪肉同，阅《癸巳存稿》，卷十中有云：

> 羊皮为裘，本不应入烹调。《钓矶立谈》云，韩熙载使中原，中原人问江南何故不食剥皮羊，熙载曰，地产罗纨故也，乃通达之言。

因此知江南在五代时便已吃带皮羊肉矣。大抵南方羊皮不适于为裘，不如剃毛作毡，以皮入馔，猪皮或有不喜啖者，羊皮则颇甘脆，凡吃得羊肉者当无不食也。北京食羊有种种制法，若箭门内月盛斋之酱羊肉，又为名物，惟鄙人至今尚不忘故乡之羊肉粥，终以为蒸羊最有风味耳。

羊肉粥制法，用钱十二文买羊肉一包，去包裹的鲜荷叶，放大碗内，再就粥摊买粥三文倒入，下盐，趋热食之，如用自家煨粥更佳。吾乡羊肉店只卖蒸羊，即此间所谓汤羊，如欲得生肉，须先期约定，乡俗必用萝卜红烧，并无别的吃法，云萝卜可以去膻，但店头的熟羊肉却亦并无膻味。北京有卖蒸羊者，乃是五香蒸羊肉，并非是白煮者也。

选自《书房一角》

猪头肉

小时候在摊上用几个钱买猪头肉，白切薄片，放在干荷叶上，微微洒点盐，空口吃也好，夹在烧饼里最是相宜，胜过北方的酱肘子。江浙人民过年必买猪头祭神，但城里人家多用长方猪肉，屠家的专名是元宝肉，大概因为新年置办酒席，需用肉多的缘故，所以在家里就吃不到猪头。北京市上售卖的很多，但是我吃过一回最好的猪头肉，却是在一个朋友家里。他是山东清河县人氏，善于做词，大学毕业后在各校教书，有一年他依照乡风，在新年制办馒头猪头肉请客，山东馒头之佳是没有问题的，猪头有红白两样做法，甘美无可比喻。主人以小诗二首代柬招饮，当时曾依韵和作打油，还记得其一的下两句云：早起喝茶看报了，出门赶去吃猪头。清河名物，据主人说此外还有"臭水浒"，清河人称武松为乡亲，所以对于《水浒》似乎特别有兴趣，喜欢说，无论讲哪一段都说得很黄色，因此得了臭名。这本是禁止的，可是三五人在墙根屋角，就说了起来，这是很特殊的一种说法，但若是把《水浒》当作《金瓶梅》前集看时，那么这也是可以讲得过去的吧。

原载《亦报》一九五一年二月十一日

猪　肉

　　各地民族食物，除谷类外，所用肉类大抵因风土习惯的关系，各有所偏重，如欧美用牛，蒙回各族用羊，日本多用鱼，中国则用猪肉。我对于猪这动物很有反感，可是猪肉用处之多却也是事实，不能加以否定。在西餐以及专门吃食店里，牛羊肉可以有几种好吃的做法，家庭里便很有点困难，在乡下平常就没有牛肉买，羊肉只好加萝卜红烧，味道实在还不如现成的白切蒸羊，夏天用鲜荷叶包来，从前只要十二文一包，确实价廉物美。说到猪肉便大不相同了，干腊方面有火腿、家乡肉、腊肉等，各有不同的风味，鲜的且不说北京沙锅居的白肉席，全用猪身上的东西做成几十种菜，舟山的朋友曾去尝试，吃到两样甜做的，同我说起时还显得惊奇与狼狈。我们只说东坡肉与粉蒸肉这两味，实在非猪肉莫办，至于肉丝与肉片的功用，更甚广大，笋丝韭黄的小炒与笋片京冬菜的中炒，又是多么的不同呀。

　　那个猪头看去不雅，却是那么有味，十多年前友人苦水请我新年吃饭，他是武松的乡亲，依照本乡习俗拿出特制的馒头（并非包子）和猪头来，虽然说来有点寒伧，那个味道我实在忘记不了。陆放翁记什么地方的庙里揭示云,祭神猪头例归本庙,加以嘲笑,当初我也以为然,但现在反复一想,对于住庙的和尚却也要表示同情了。

原载《亦报》一九五〇年九月八日

牛肉锅

从柳絮先生的文章里，得知上海市上司盖阿盖名称的变化，很有意思。司盖阿盖原是日本语，其实直接的说还不只是牛肉锅么，虽然这在生意经上不很合适，因为太平凡了，不足以资号召。本来在日本这也是一种新的吃法，在明治维新以前是没有的，因为那时他们不吃牛肉，到维新时代大家模仿西洋，于是觉得面包牛奶非吃不可，牛肉也流行起来了。热血青年短发敞衣，喝酒烧牛肉吃，扼腕谈天下事，当时这便叫做"开化锅"的。司盖阿盖的原意是说把"薄切"的肉浸了酱油"烤"了来吃，实际与叉烧差不多少，后来才转变为用黄油甜酒酱油做底子，加入牛肉片以及葱和芹菜等，已经不是烤而近于炒与煮了。日本食物中蛋糕名贺须底罗，又以面粉包虾鱼蔬菜油煎食之，如北京所谓高丽什么的，名天麸罗，都从西班牙语转来，也至近世才有。中国称为高丽不知何故，北京且用作动词，如云把这去高丽一下子，但别处似无此语，大抵只说是面拖油炸罢了。

原载《亦报》一九五〇年十二月二十九日

大家

烤越鸡

且居先生说我们住在北方的绍兴人，再过一年，一定可以吃得到越鸡。这预约是十分可感谢的，不过说精通南北之味，那可使我很是惶恐，因为我也是只喜欢谈谈乡下吃食而已，那里够得上说通呢？诚然如孟子所说，鱼与熊掌都曾经吃过，或者可以说是有口福的了，可是熊掌并不好吃，只像是泡淡了的火腿皮，这固然是细条，但这种味道即使整方的咬了吃，也未必及得红炖肘子吧。猩唇豹胎，连看也没有看过，怎么会有资格可谈食味呢。我所觉得喜欢的还是几样家常菜，而且越人安越，这又多是从小时候吃惯了的东西。腌菜笋片汤、白鲞虾米汤、干菜肉、鲞冻肉，都是好的，说到鸡则如且居先生的意见一样，白鸡以及糟鸡，齐公所鼓吹的虾油鸡一定也很好，因为我们东陶坊没有这做法，所以不能加在里边。上坟时节的烧鹅，我也是很喜欢吃的，但烤鸡怎么样，那就很难说，锅烧鸡也不过是那么样罢，只是假如挂炉烧的，比煮的可能多保存些鲜味。老实说，我对于烤鸭本不爱好，鸭并不好吃（腊鸭除外），其不能列于三牲之林，或者正非无故吧。（我的祖母，不吃扁嘴的，连鹅也不吃，那大概又是别一个理由。）

原载《亦报》一九五一年二月二十七日

115

鸡鸭与鹅

前回且居先生提议越鸡烤了吃怎么样，我来响应他，写了一篇小文，题曰《烤越鸡》，不大赞成他的提议，却也不一定反对，但中间有一句话云，我对于鸡鸭本不爱好，这却是错误的，鸡字乃是烤字之误，我附议且居先生，主张吃白鸡与糟鸡，又以未吃齐公的虾油鸡为恨，可见并不是不爱好鸡肉的，辨明没有什么必要，但那是事实，否则上下文气也有矛盾。至于鸭，我确是不喜欢，虽然酱鸭与盐水鸭也有可取，但确不能说它比糟鸡或油鸡能好多少。到便宜坊去吃烤鸭子，假如有人请我自然不见得拒绝，不过并不怎么佩服，这脆索索的烤焦的皮，蘸上甜酱加大葱，有什么好吃的，我很怀疑有些人多不免是耳食。西洋人夸称"北京鸭"，一半是好奇，一半是烧烤所以合口味，但由我看来，这至少不是南方味，我们还有守旧分子的人总觉得没有多大意思。烧鹅我却是很爱吃，那与烤鸭子有好些不同，它不怕冷吃，连肉切块，不单取皮和油，又用酱油与醋蘸，便全是乡下风味，糟鹅与扣鹅也很好吃，要说它比鸡更好似乎并无不可。北京不吃鹅肉很是可惜，它只是背上涂上洋红，假充作雁，用于结婚时，近来旧式婚礼渐废，在市上它也就几乎看不见。

原载《亦报》一九五一年三月八日

◎ 北京烤鸭制作过程

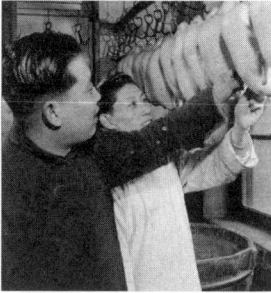

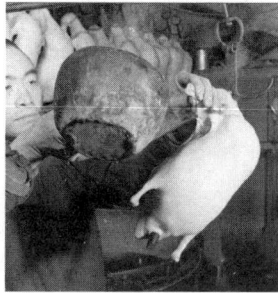

花线鸡

从前听人家讲越鸡，我虽是越人，却完全不晓得是什么一回事。有人又说这以在城内府山背后的为真，因为那里是越王故宫的后边，大概是以前越王御膳房养鸡的地方吧，或是因风水的关系，所以如此，不过这太是神秘了，更是莫名其妙。这回看见且居先生关于越鸡的文章，这才恍然大悟，原来只是阉过的鸡，那岂不是妇孺皆知的"线鸡"么？为什么叫线，我也说不清，不过平常作动词用也只说是阉，例如那阉鸡的技术家在街上走过，高声叫道"阉鸡荷！"这越鸡为越中所专有，但那技术家却并不是绍兴人，小时候听他们的说话，很是"拗声"，那时也不能辨别是什么话，后来回想起来大概总是浙东吧。既然出了技术家，论理在那地方当然该有线鸡，现在却也无从调查。《越谚》卷中云："线鸡，雄者割开后肚，挖去腰子，线缝，使肥美，见戴复古诗。"戴系南宋初天台人，那么台州当有这种的鸡了。

线鸡专供食用，大抵养到年底为止，所以转变成为一种混名，有空心大老官便被称作荷花大少爷、花线鸡，言其外表好看而不能过冬，虽不免尖刻，却也显出人民的幽默味来。

原载《亦报》一九五一年二月二十八日

瓜子鸡

人民政府顺应了民众的意思，规定阴历元旦为春节，放假三天，所以这回新年似乎在民间过的特别有兴致，大家写的文章也很不少。从旧书堆里找出一本《中国新年食俗志》来，乃是民国二十一年所刊行，早已绝版了，所收有叙述二中二篇，序文四篇，插图六幅，编者是一位乡兄，所以头一篇记本地乡下的风俗特别详细，我看了很觉得有趣，有些还是我所几乎忘记了的事情，如图上的瓜子鸡。下文在玩艺中有这一项，说明道：

> 母亲抱着孩子在桌旁吃瓜子，她的手和口替孩子剥瓜子吃以外，还给孩子用瓜子作玩具，即瓜子鸡，是用五粒瓜子关起来而成一只鸡。孩子一边在玩着鸡群，一边在两手杀鸡，一只只的拆散，一粒粒的吃去，不久鸡群都被吃到小肚子里面去了。

经他这么一说，我就记了起来，假如有瓜子在手里，也会得做成了。此外各地的记录，详略不同，也都很有意思。序文从学术理论，引会实际，说明新年风俗之理应保存，顾颉刚最说得好，他说这种节令的意义是在把个人的安慰扩充为群众的安慰，尤有重大的关系。民众劳顿的工作了一年，该得休息一下，尽力快乐一下，然后再整顿精神作第二年的事。这快乐当然不是赌钱或是嫖院，我们要舞龙灯，跳狮子，放烟火，点花灯，让大家一齐快乐，使得大家好提起精神，增进这一年中的生产的效能。这虽然是十八九年前的旧话，岂不是还可通用于现今，作为新年的解说么？

原载《亦报》一九五〇年三月九日

鲞冻肉

今年冬天北京天气不大冷，平常在一月中间总有两天要冷到零下十五六度，但今年最低只是十度而已。尤其特别的是门窗玻璃上不冻冰，不像每年那么一到早晨，便都变成了花玻璃，有时还冻成山水花草模样，等到火炉烧暖了，窗台上又流满了水，现在是拉开窗帘，干净清澈如平时一样。我想原来天气或者是如此的，每年有寒流过来，便那么大冷，今年不听说来，所以显得和暖。别处大概也都是这样，乡友从上海来信，说旧年想做"鲞冻肉"吃，就恐怕不冻，虽然不曾说明度数，可见是情形差不多了。

说到鲞冻肉，我们家里倒也想做，做了放在院子里的空水缸内，也不会不冻，可是今年不曾做得。鲞冻肉是乡下过年必备之品，《越谚》里说："为过年下饭，通贫富有之，男女雇工贺年，必曰吃鲞冻肉饭去。"做法很是简单，只是白鲞切块，与猪肉同煮，重要的是冻了吃而不是吃现煮的，有钱人家加入鸡肉，名曰鸡鲞冻，其实可以不必，但如在上海用去皮猪肉来做，怕冻不好，那么加些翅皮进去是最好的方法，这只是鲨鱼的皮，大概不见得贵吧。我们的鲞冻肉没有做成，原因是有肉无鲞，不知怎的在西城平常买南货的店铺里都找不到一片。白鲞虽是比勒鲞、王瓜头鲞要好一点，原是用黄鱼所晒，算不得什么奢侈物品，在推行物产交流的时候，正该多发出来，如今却是找它不着，是很可惜的事。（江瑶柱我们不需要，市上还是有的。）

原载《亦报》一九五二年二月五日

结缘豆

范寅《越谚》卷中风俗门云:

"结缘,各寺庙佛生日散钱与丐,送饼与人,名此。"

敦崇《燕京岁时记》有"舍缘豆"一条云:

"四月八日,都人之好善者取青黄豆数升,宣佛号而拈之,拈毕煮熟,散之市人,谓之舍缘豆,预结来世缘也。谨按《日下旧闻考》,京师僧人念佛号者辄以豆记其数,至四月八日佛诞生之辰,煮豆微撒以盐,邀人于路请食之以为结缘,今尚沿其旧也。"

刘玉书《常谈》卷一云:

"都南北多名刹,春夏之交,士女云集,寺僧之青头白面而年少者着鲜衣华屦,托朱漆盘,贮五色香花豆,蹀躞于妇女襟袖之间以献之,名曰结缘,妇女亦多嬉取者。适一僧至少妇前奉之甚殷,妇慨然大言曰,良家妇不愿与寺僧结缘。左右皆失笑,群妇赧然缩手而退。"

就上边所引的话看来,这结缘的风俗在南北部有,虽然情形略有不同。小时候在会稽家中常吃到很小的小烧饼,说是结缘分来的,范啸风所说的饼就是这个。这种小烧饼与"洞里火烧"的烧饼不同,大约直径一寸高约五分，馅用椒盐，以小皋步的为最有名，平常二文钱一个，底有两个窟窿，结缘用的只有一孔，还要小得多，恐怕还不到一文钱吧。北京用豆，再加上念佛，觉得很有意思，不过二十年来不曾见过有人拿了盐煮豆沿路邀吃，也不听说浴佛日寺庙中有此种情事，或者现已废止亦未可知，至于小烧饼如何，则我因离乡里已久不能知道，据我推想或尚在分送，盖主其事者多系老太婆们，而老太婆者乃是天下之最有闲而富于保守性者也。

结缘的意义何在？大约是从佛教进来以后，中国人很看重缘，有时候还至于说得很有点神秘，几乎近于命数。如俗语云，有缘千里来相会，无缘对面不相逢，又小说中狐鬼往来，未了必云缘尽矣，乃去。敦礼臣所云预结来世缘，即是此意。其实说得浅淡一点，或更有意思，例如唐伯虎之三笑，才是很好的缘，不必于冥冥中去找红绳缚脚也。我很喜欢佛教里的两个字，曰业曰缘，觉得颇能说明人世间的许多事情，仿佛与遗传及环境相似，却更带一点儿诗意。日本无名氏诗句云：

"虫呵虫呵，难道你叫着，业便会尽了么？"这业的观念太是冷而且沉重，我平常笑禅宗和尚那么超脱，却还挂念腊月二十八，觉得生死事大也不必那么操心，可是听见知了在树上喳喳地叫，不禁心里发沉，真感得这件事恐怕非是涅槃是没有救的了。缘的意思便比较的温和得多，虽不是三笑那么圆满也总是有人情的，即使如库普林在《晚间的来客》所说，偶然在路上看见一双黑眼睛，以至梦想颠倒，究竟逃不出是春叫猫儿猫叫春的圈套，却也还好玩些。此所以人家虽怕造业而不惜作缘欤？若结缘者又买烧饼煮黄豆，逢人便邀，则更十分积极矣，我觉得很有兴趣者盖以此故也。

为什么这样的要结缘的呢？我想，这或者由于不安于孤寂的缘故吧。富贵子嗣是大众的愿望，不过这都有地方可以去求，如财神送子娘娘等处，然而此外还有一种苦痛却无法解除，即是上文所说的人生的孤寂。孔子曾说过，鸟鲁不可与同群，吾非斯人之徒而谁与。人是喜群的，但他往往在人群中感到不可堪的寂寞，有如在庙会时挤在潮水般的人丛里，特别像是一片树叶，与一切绝缘而孤立着。念佛号的老公公老婆婆也不会不感到，或者比平常人还要深切吧，想用什么仪式来施行拔除，列位莫笑他们这几颗豆或小烧饼，有点近似小孩们的"办人家"，实在却是圣餐的面包、蒲陶酒似的一种象征，很寄存着深重的情意呢。我们的确彼此太缺少缘分，假如可能实有多结之必要，因此我对于那些好善者着实同情，而且大有加入的意思，虽然青头白面的和尚我与刘青园同样的讨厌，觉得不必与他们去结缘，而朱漆盘中的五色香花豆盖亦本来不是献给我辈者也。

我现在去念佛拈豆，这自然是可以不必了，姑且以小文章代之耳。我写文章，平常自己怀疑，这是为什么的：为公平，为私乎？一时也有点说不上来。钱振锽《名山小言》卷七有一节云：

"文章有为我兼爱之不同。为我者只取我自家明白，虽无第二人解，亦何伤哉，老子古简，庄生诡诞，皆是也。兼爱者必使我一人之心共喻于天下，语不尽不止，孟子洋明，墨子重复，是也。《论语》多弟子所记，故语意亦简，孔子诲人不倦，其语必不止此。或怪孔明文采不艳而过于丁宁周至，陈寿以为亮所与言尽众人凡士云云，要之皆文之近于兼爱者也。诗亦有之，王孟闲适，意取含蓄，乐天讽喻，不妨尽言。"

这一节话说得很好，可是想拿来应用却不很容易，我自己写文章是属于哪一派的呢？说兼爱固然够不上，为我也未必，似乎这里有点儿缠夹，而结缘的豆乃仿佛似之，岂不奇哉。写文章本来是为自己，但他同时要一个看的对手，这就不能完全与人无关系，盖写文章即是不甘寂寞，无论怎样写得难懂意识里也总期待有第二人读，不过对于他没有过大的要求，即不必要他来做喽啰而已。煮豆微撒以盐而给人吃之，岂必要索厚偿，来生以百豆报我，但只愿有此微末情分，相见时好生看待，不至伥伥来去耳。古人往矣，身后名亦复何足道，唯留存二三佳作，使今人读之欣然有同感，斯已足矣，今人之所能留赠后人者亦止此，此均是豆也。几颗豆豆，吃过忘记未为不可，能略为记得，无论转化作何形状，都是好的，我想这恐怕是文艺的一点效力，他只是结点缘罢了。我却觉得很是满足，此外不能有所希求，而且过此也就有点不大妥当，假如想以文艺为手段去达别的目的，那又是和尚之流矣，夫求女人的爱亦自有道，何为舍正路而不由，乃托一盘豆以图之，此则深为不佞所不能赞同者耳。廿五年九月八日，在北平。

选自《瓜豆集》

瓠子汤

夏天吃饭有一碗瓠子汤，倒是很素净而也鲜美可口的。在我们乡下这是本末如一的长条的瓜，俗语叫蒲子，谚语有云，冬瓜咬不着来咬蒲子，这是说迁怒，也含有欺善怕恶的意思。有一种圆形的，即是所谓瓠瓜，肉也可以吃，老了锯开取壳做瓢用，北方很多，在乡下却不曾见过。还有葫芦，即是铁拐李等人所拿的，叫做活卢蒲，嫩时可吃，与蒲子差不多，仿佛还要好一点。这在仙人手里常发毫光（也就只在图画上看见是那么样），大抵因为里边盛着仙丹之类的缘故，若是凡人有如看草料场的老军却只用以装酒。山乡的人买麻油酱油多用长竹筒，想来即是同一道理，因为他不容易洒出来罢了。我吃过的活卢蒲也只是放汤，虽然据说还有别的吃法，如旧书所记，唐郑馀庆召客会食，令左右告诉厨子，烂蒸去毛，莫拗折项，诸人相顾以为蒸鹅鸭之类，良久就餐，每人前下蒸葫芦一枚。葫芦与瓠子的汤都很简单的，只是去皮切片，同笋干等物煮了加酱油而已，虽然瓠子也有红烧的，却似乎清味要稍减了。每年在夏至那天照例要吃蒲丝饼，用瓠子切丝煮熟，加面粉白糖和匀，入油中煎之，每片约如手掌大，是祭祖供品之一。小时候喜欢吃，同中元的南瓜饼一样，可是蒲丝的味道也吃不出，只是一种油炸的甜食罢子。

原载《亦报》一九五〇年七月八日

吃蟹（一）

　　现在并不是吃蟹的时候，这题目实在乃是看了勤孟先生的文章而引起的。我虽不是蟹迷，但蟹也是要吃的，别无什么好的吃法，只是白煮剥了壳蘸姜醋吃而已，不用自己剥的蟹羹便有点没甚意思，若是面拖蟹我更为反对，虽然小时候在戏文台下也买了点面拖油炸的小蟹吃过。我反对面拖蟹，因为其吃法无聊，却并非由于蟹的腰斩之惨，因蟹虾类我们没法子杀它，只好囫囵的蒸煮，这也是一种非刑，却无从改良起。大臣腰斩血书惨字的故事我也听见过，又听说有残酷的草头王喜欢把上半身立即放在拭光的漆桌上，创口吸着，可以活上半天云。这些故事用以形容古时封建君主的凶残是可以的，若是照道理讲来大概不是事实。

　　腰斩是杀蟹的唯一方法，此外只有活煮了，别的贝类还可以投入沸汤，一下子就死，蟹则要只只脚立时掉下的，所以也不适用。世人因此造出一种解释，以为蟹虾螺蛤类是极恶人所转生，故受此报，有人更指定蟹是犯的大逆罪，因为小蟹要吃母蟹的。这话自然不能相信，我们吃蟹时尚且需铁槌木砧，小蟹的钳力量几何，乃能夹开硬壳而吃老蟹之肉乎？

假如要吃蟹，实在没有别的办法，面拖蟹则大可不必吃，这是我个人的意思。

原载《亦报》一九五〇年八月三十日

吃蟹（二）

螃蟹是不是资产阶级的食物，这回答很不大容易。像正阳楼所揭示的胜芳大蟹，的确只有官绅巨贾才吃得起，以前的教书匠们也只能集资聚餐，偶尔去一次而已。可是光绪年间在南京读书的时候，曾经同叔父用了两角小洋买蟹，两个人勉力把蟹炖吃了，剩了半锅的肥大的蟹脚没有办法。现在说来虽然已是古话，这可见又是并不贵了。吃蟹本是鲜的好，但那醉的腌的也别有味道，很是不坏。醉蟹在都市上虽有出售，乡间只有家里自制，所以比较不易得到，腌蟹则到时候满街满店，有俯拾即是之概，说是某一季的民众副食物也不为过。腌蟹通称淮蟹，译音如此，不知道是哪里来的，形状仍是普通的湖蟹，好的其味不亚于醉蟹，只是没有酒气。俗语云，九月团脐十月尖，这说明那时是团脐蟹的黄或尖脐的膏最好吃，实际上也是这顶好吃，别的肉在其次。腌蟹的这两部分也是美味，而且据我看还可以说超过鲜蟹，这可以下饭，但过酒更好，不知道喝老酒的朋友有没有赞成这话的。腌蟹的缺点是那相貌不好，俨然是一只死蟹，就是拆作一胇一胇的，也还是那灰青的颜色。从前有人说过，最初吃蟹的人胆量可佩服，若是吃腌蟹的，岂不更在其上了么？

原载《亦报》一九五〇年八月三十一日

瓜　子

　　乡下新年客来，在没有香烟的时候，清茶果茶之后继以点心，必备瓜子花生，年糕粽子。此外炸元宵、小包子、花饺、烧卖之类。则对于客之尊亲者始有，算是盛设了。落花生在明季自南洋入中国，吃瓜子的风俗不知起于何时，大概相当的早吧，在小说中仿佛很少说及，只在文昭的《紫幢轩诗集》中见到年夜诗云：漏深车马各还家，通夜沿街卖瓜子。此人是王渔洋的弟子，是康熙时人。曾见西班牙人小说，说及女人嗑葵花子，不知是否与亚剌伯人有关，也不知道别国还有此习俗否。平常待客用的都是市上卖的黑瓜子，但个人经验觉得吃西瓜时所留下的子，色黄粒小，可是炒了吃很香，实在比大而黑的还要好，此外南瓜子及向日葵子也都可以吃，比较容易嗑，肉亦较多，但不知怎的似乎不能算是正宗，不用于请客席上。小孩们有谜语云：一百小烧饼，吃了一百还有二百剩，这显然是指西瓜子，南瓜子与葵花子并不在内，因为那两种嗑开时壳都不能干脆地分作两片，由此可知在儿童心中的瓜子也还是那西瓜子也。

原载《亦报》一九五〇年十一月一日

鸡　蛋

　　鸡蛋富于滋养，而价钱不贵，至今还可与豆腐比值，在动物性的食料中，这样便宜的东西再也没有了。北方人讳蛋字，因称鸡蛋曰鸡子，这倒是与我们乡下方言相同的，做出菜来叫做溜黄菜、木樨汤等，又有叫做窝果儿的，名字虽然奇怪，各种蛋制品中我倒是顶喜欢吃，这是简单的在盐水中余鸡蛋，整个的蛋白裹蛋黄，却是很嫩，也很便宜。这里称鸡蛋为果子，称磕开放水里煮曰窝，是什么道理，我至今也还不明白。乡下没有这种吃法，只有打散了，加糖和老酒煮，说是补的，虽是并不难吃，但可暂而不可常，不如窝果儿的长吃不厌。鸡蛋似乎到处都是一样，不见得家乡的最好，虽然越鸡之好见于书上，而且像煞有介事的说明只有出于府衙门左近的是真越鸡，实在并没有这些神秘。绍兴鸡肉的确不错，原因是同金华的猪一样，它们吃的全是人吃的饭，并不像有些地方的鸡和猪是半野生似的任它自己去"逃挣"，所以长得肥嫩一点正是当然的了。但鸡既然好，鸡蛋也该不坏，这也是当然的吧。

　　　　　　　　　　　　　　原载《亦报》一九五〇年十一月十九日

记盐豆

　　《乡言解颐》卷三《人部·食工》一篇中，记孙功臣子科烹调之技，有云，"其所作羹汤清而腴，其有味能使之出者乎？所制盐豆数枚可下酒半壶，其无味能使之入者乎？""有味者使之出"二语，李瓮斋云出于《随园食单》，所说殊妙，此理亦可通于作文章，古今各派大抵此二法足以尽之矣。但是孙科的盐豆却更令人不能忘记。小时候在故乡酒店常以一文钱买一包鸡肶豆，用细草纸包作纤足状，内有豆可二十枚，乃是黄豆盐煮漉干，软硬得中，自有风味。此未知于孙豆何如，及今思之，似亦非是凡品，其实只是平常的酒店倌所煮者耳。至于下酒，这乃是大小户的问题。尝闻善饮者取花生仁劈为两半，去心，再拈半片咬一口细吃，当可吃三四口，所下去的酒亦不在少数矣。若是下户，则恃食物送酒下咽，有如昔时小儿喝汤药之吮冰糖，那时无论怎样的好盐豆也禁不起吃了。

原载《晨报》一九三八年八月二十日

大家

闲话毛笋

看见报刊上写少数民族生活的文章，觉得很有意思，特别是在西南方面住在寨子里的，似乎比西北住在穹庐里更有趣味。我于这两方面都没有去过，所以不知道实在情形，但是推想起来，寨子内外应该富有竹木，这便使生长南方的我感觉亲近。小时候读一篇《黄冈竹楼记》，文句全然不记得了，但这竹楼的影子却一向追逐看我，心里十分向往，及至后来看见写傣家生活的文章里也有竹楼，便又勾起我的联想来，即使这竹楼是底下养猪，上面住人也罢，也并不妨事，因为这种竹木的构造是我觉得喜欢的。现实的竹楼与古文里的黄冈竹楼或者距离得颇远，也未可知，但是总之是用竹子所做的，那么近地一定也多竹木禽虫，不像是一带的草地沙丘吧，并且因了竹子，便联想到各式的笋，这便是我写这篇文章的原因，俗语云，"花不如团子"，这是普遍的情形，原不独小孩子是这样的。

我在北京一直连续住了四十多年，中间没有回到南方去过，异乡的生活已经习惯了，但是时常还记忆起故乡的吃食来，觉得不能忘记，这大半是北方所没有的，虽然近来交通发达，飞机朝发晚至，不过只做不到可以寄递方物。主要的是食品里的笋，其次是煮熟的四角大菱、果子里的杨梅。清宗室遐龄著《醉梦录》卷上，《记莫疯子》中有云：

　　"莫切崖元英行七，浙江山阴县人也。其人古貌古心，不修边幅，见人辄跪拜不已，虽仆役亦然，以此人皆以莫疯子呼之。（案：切崖盖是谐称，即七爷二字之转。）然其学问渊博，凡医卜、星相、堪舆之术，以及诗、古文、词，无不通晓，尤精于医，多不循古方，寓京师已三十余年矣，诗不多作，曾记其一联云：'五月杨梅三月笋，为何人不住山阴。'其不克还乡之苦况，已露于言表。"莫疯子的两诗句很能表现住在北方的越人的心情，李越缦的文章中也时常出现，如尺牍里及《城西老屋赋》也有提到。鲁迅在《朝花夕拾》小引里说得好：

　　我有一时，曾经屡次忆起儿时在故乡所吃的蔬果……都是极其鲜美可口的，都曾是使我思乡的蛊惑。后来我在久别之后尝到了，也不过如此，惟独在记忆上，还有旧来的意味留存。它们也许要骗我一生，使我时时反顾。

　　现在且不谈杨梅的书，只就笋来说一说吧。说起笋来，本来没有像杨梅的那样特别，北京人听到杨梅，一定以为就是覆盆子似的那种草莓，若是笋便不一样了，他们近来吃到冬笋，而且晒干的玉兰片则是向来就有的，不过这里要说的乃是新鲜的笋——毛笋，而这鲜笋与新杨梅一样，却是经不起转手的东西，冬笋和鞭笋还好一点，可以走点远路，若是毛笋、淡笋之类请它坐飞机也不行，它们就是从头不宜出行的，你若是要请教它，只有移樽就教的一个法子。要说是怎么样的好吃法，那也是一言难尽，其实凡是五官的感受都是如此，借助于语言文字之末，是不大靠得住的。但是那直接的办法既是不可能，那么只好仍用间接的比喻的说法，好像禅宗和尚因人家间涧水深浅，觉得最好的方法是将那人推下水去，就会明白，但是对方对和尚说不定疑心要害命，所以结果还只得用问答对付。我说毛笋好吃，不会把事情闹得那么严重，可是人家如说我的话不能了解，那么只得引用王阳明的诗句"哑子吃苦瓜"作解嘲，结果便是哑人作通事，白费气力，也正是没有法子的事呢。我觉得中国的大寺院里做的素菜，的确是很好的，我没有机会到这种清净地方去吃过饭，有过什么经验，只是一回在故乡的长庆寺里看见和尚们吃，有过这种经验。和尚们在吃饭之先念过一通经，才开始吃，在他们面前是一碗萝卜炖豆腐，觉得实在不错。当时虽然没得到口，但是在家吃过，所以知道，不过觉得在寺里所做的一定还更要好吃罢了。这种菜的好处特别是在萝卜里，因为它有一种甜味，容我们来掉一句书袋，这便是所谓肥甘，孟子说"为肥甘不足于口欤"那个肥甘，笋的好处也正是因为有这种甘味。中国古来文人多赞美笋，苏东坡便是杰出的一个，所谓参玉版禅的典故知道的很多，已经有点陈年了，而且也不能怎么说出笋的特色来，我在这里只想说毛笋的肥甘好吃，决不下于至今以东坡得名的猪肉。毛笋生得极大，报上有个净慈寺山门外的照片，其竹之伟大殊可惊人，平常毛笋之稍大的辄有一二十斤重，切开来煮可以称作玉版，不过我所说的乃是盐煮毛笋，当作玉版看未免不大莹洁罢了。毛笋切大块，用盐或酱油煮熟，吃时有一种新鲜甜美的味道，这是山人田夫所能享受之美味，不是口厌刍豢的人所能了解的。毛笋之外还有淡笋，乃是淡竹的笋，似乎是单薄一点，笑话书里说有南人请北人吃饭，菜中有笋，客问是何物，主人答说是竹，客回家煮其床箦良久不烂，遂怨南人见欺。这里所说的似乎是指淡笋，因为若是毛笋当不能分辨是竹了。毛笋亦作猫笋，不知何者为正，今姑且写作毛字，因为觉得从猫字没有什么根据。

原载香港《新晚报》一九六四年七月十四日

萝卜与白薯

　　中国人吃的菜蔬的种类, 在世界上大概可以算是最多的了, 历史长固然是一个原因, 但古人所吃的有许多东西, 如蘋藻薇蕨, 现今小菜场上都已不见, 而古无今有的另外添进去了不少, 大抵重要的原因还是在于中国的烹调法的特殊, 各式的植物茎叶他都可以煮了放在碗里, 用筷子夹了吃, 这用在西洋料理上往往是没办法办的。这些菜蔬中间, 我觉得顶有意思的是萝卜与白薯。这两样东西都是大块头, 不但是吃起来便利, 而且也实在有用场。明人王象晋称萝卜可生可熟, 可菹可齑, 可酱可豉, 可醋可糖, 可腊, 乃蔬之最有益者。徐玄扈说甘薯有十二胜, 话太长了, 简约起来可以说是易种, 多收, 味甘, 生熟可食, 可干藏, 可酿酒。具体地说, 我最爱的和尚吃的那种大块萝卜炖豆腐, 其次是乡间戏台下的萝卜丝饼以及南京腌萝卜鲞, 至于白薯自然煮的烤的都好, 但是我记得那玉米面糊里加红番薯, 那是台州老百姓通年吃了借以活命的东西, 小时候跟了台州的女佣人吃过多少回, 觉得至今不能忘却。希望将来人人可以吃到猪排牛排和白面包, 自然是很好, 我们要去努力, 可是在这时候能吃苦也极重要, 我想假使天天能够吃饱玉米面和白薯, 加上萝卜鲞几片, 已经很可满足, 而一

◎ 称萝卜的小贩

天里所要做的事只是看看书，把思想搞通点，写篇小文章，反省一下，觉得真如东坡在临皋亭所说，惭愧惭愧。

原载《亦报》一九五〇年一月二十日

红番薯

　　吃的东西随时随地变化得很多，只是平常不注意，不大觉得罢了。近日吃煮白薯，忽然想起小时候吃过的红番薯，煮的是不大看得出了，在水果摊上摆着的，一文钱一大片，桂红色的肉，白色的边，外面红皮自然已经削去了，这样番薯现在早已不见，有的都是黄白色的了。查书看时，又似乎是古时吃的皆是白薯，如《广志》说"皮肉肥白"，又《甘薯疏》说"色白味甘"。那么红的殆是后起，流行了一时，末了又复没落了的吧？

　　据一个植物学者说：白薯就有甲乙两种，甲名厄杜利思，乙名巴太达思，形状相似，性质颇有不同：甲种茎叶都带紫色，乙种则是浅青。但在吃的人，只好看根块，色无多区别；只是甲肉色黄白，肌理粗糙，蒸了则干松味美；乙肉色白，肌理细腻，可是蒸时却多水分，味亦较劣。番薯同是外来的东西，唯甲在前，乙则后来从南美传入，很占势力。因为它易种不怕旱，收获多，冬天收藏不易腐烂，虽然味道不好，也就占了优胜了。

　　西人吃番薯，反正不是烤了煮了吃的，白打油炸了加盐当副食物，淡而无味的马铃薯已很好了，所以乙种就被叫作甜马铃薯；若是中国那么吃法，自以甲种为佳。这里只是纸上谈兵，不知市场上究竟哪一种为多，须要实地考查才能明白。

原载《亦报》一九五〇年一月十八日

藕与莲花

有友人从山西回来，说那里少水而多藕，称之曰莲菜，这与菜根的名称似乎相像，可是规定为菜，这意思便是特别的了。其实藕的用处由我说来十九是在当水果吃，其一，乡下的切片生吃；其二，北京的配小菱角冰镇；其三，薄片糖醋拌；其四，煮藕粥藕脯，已近于点心，但总是甜的，也觉得相宜，似乎是他的本色。虽然有些地方做藕饼，仿佛是素的溜丸子之属，当作菜吃，未尝不别有风味，却是没有多少别的吃法，以菜论总是很有缺点的。榨汁取粉，西湖藕粉是颇有名的，这差不多有不文律规定只宜甜吃。想来藕的本性与荸荠很有点相近，可以与甘蔗老头同煮饭，可以做糕，可以取粉，可以切片加入荤菜，如炒四宝内是一根台柱子，但压根儿还是水果，你没法子把他改变过来。莲子最好是简单的煮了吃，其次是裹粽子，或加在八宝饭腊八粥里，荷叶用于粉蒸肉，花瓣可以窨酒，圆明园左近海甸镇出有莲花白酒，本来就有荷花香的，今年售一万九千元一瓶，可是只有药气包，虽然甜倒是很甜的。莲花与桂花在植物中确是怪物，同样的很香，而一个开花那么大，一个又那么小。可惜在中国桂花为举人们所独占，莲花则自宋朝以来归了湖南周家所有，但看那篇《爱莲说》，说的全是空话，是道家譬喻的一套，看来他老先生的爱也是有点靠不住的了。

原载《亦报》一九五〇年八月六日

芡与莲

《嘉泰会稽志》卷十七"草部","芡"下有云：

> 其柄又可为菹，芸美，越人谓之藕梗，其实芡柄耳。

案今绍兴不闻吃芡柄，亦无藕梗之称，七八百年来风俗改变盖已多矣。小时候在秋深菱已将了时，舟过菱荡，偶抽取菱蓬少许，归家摘去叶及茎间海绵似的小块，取梗瀹熟，拌糖醋食之。此乃以菱蓬为菹，亦已忘记有何名称，芡柄吃法，想亦如是乎。又想"荷"下云：

> 出偏门至三山多白莲，出三江门至梅山多红莲，夏夜香风率一二十里不绝，非尘境也，而游者多以昼，故不尽知。

所记殊佳，此景今已无有。出偏门至三山，儿时随祖母往鲁墟去，正走这条道路，但不曾见过莲花，盖田中只是稻，水中亦惟有大菱茭白，即鸡头子也少有人种植矣。杜荀鹤《送人游越》诗："有园皆种橘，无渚不生莲。"《宝庆会稽续志》云可谓越之实录，至今却已只剩得一半，园中种橘之风尚稍存留耳。

山里红

冬天在北京街上多看见卖糖葫芦的，此物又甜又酸，老小都爱吃，我们乡下叫做糖山球，山者盖系山楂之省略，平常称为红果，北方云山里红，但蜜饯中有炒红果之名，可知这个名称也是有的。乡下的只是山楂一样，北京则花样繁多，据《一岁货声》中"糖葫芦车子"一条下所说，共有十余种之多，其中如扁熟山里红，生山里红，又夹澄沙胡桃仁，白海棠生熟二种，红海棠、葡萄、山药、山药豆、荸荠、橘子、黑枣等，尚多有之，若梨糕、奶油、骰块，乃是光绪年间物事，早已不见了。这里种类虽多，其实顶好的还只是生山里红这一种，别的似乎都是勉强搭配，不那么吃也可以，而且就是山里红，熟的也不太好，中嵌豆沙和核桃仁那不免是多余的，且不说奢侈也罢，因为这里只要红果的酸，加上冰糖的甜，这就够了，好的就在他的简单。我想糖葫芦应当以生山里红为正宗，别的模拟品没有什么意思，自然就归于淘汰。不过此刻物价涨了，小朋友或者不容易吃得到，但是与假水果糖相比大概不见得更贵吧。中国向来说山楂可以消食，对于小孩吃糖山球以及山里果子不加禁阻，这原来是很好的事，此外有山楂糕也是用红果所制，更为精美了，但因此也就更贵，往往搁在稻香村等处的玻璃柜内，与玉带糕等同一待遇，不复是昔时水果摊糖担中之物了。说说这些土货，并无怀旧之意，只觉得也大可吃得，而且比新糖果更有点真味，可以谓是一种可取的地方吧。

原载《亦报》一九五〇年一月二十六日

咬菜根

古人有一句话："咬得菜根，则百事可做。"这话很有名，也实在有理，别无什么问题。我这里所要说的，只是这菜根是些什么。照字面上说来，那自然是菜的根，我们在多下有白菜的白菜头，芥菜有芥菜头，油菜是没有的，这可以鲜的煮了吃，也可以霉，更有滋味，但是这些单是一时的东西，不能长久的吃，至多可以搁上五七天罢了，所以经常所咬的菜根，应当还有别的物事，推想起来，大概是白菜类的萝卜和芥菜类的蔓菁吧？（这里所谓类，虽然根据李时珍，却是外行人的看法，不可以植物学相绳。）这些的根是大可以吃得的，尤其腌了久藏不坏，他的用处实在很大。萝卜的盐制品我是百吃不厌的，这自然有条件，要我的牙齿还好的时候，南京干萝卜头之外有萝卜鲞，我尤其喜欢，虽然前清时在学校里咬了五六年，可是感情还是不恶。后来得见福州的黄土萝卜，也是极好，只可惜远在华南不可常得。蔓菁的根乡下叫做芥辣头，南货店中供给五香酱制的黑色的一种，但北方还有一种盐渍白色的，名曰水疙瘩，黑色的则名曰酱疙瘩，以个人的经验来说，水疙瘩更为有味，大抵用盐的肴馔总比酱油好吃。这之外假如再能有酱生姜、醋浸蒜头这些别一类的东西搭配，那

么这菜根席已很丰满，我相信大家都可以咬得来吧？

原载《亦报》一九五〇年一月二十六日

八珍之一

中国古时所谓八珍只是八种烹调法，用的材料还是牛羊犬豕之类而已，后世务为奢侈夸大，大概也受了道教的影响，辄言龙肝凤髓，根本就是空话，猩唇驼峰可以实有，但照熊掌的例看来，无非是干肉皮煮汤的味道，还远不及火腿皮哩。其中最为奇怪的是一味鸮炙。庄子说过，见弹而求鸮炙，可见这历史是很长久的了。这是用什么材料做的呢? 读书人坐在书房里闭目一想，这总该是猫头鸟吧，如《格物总论》云，鸮声恶，当盛午目不见物，夜则飞行入人家捕鼠，古人重其炙肥而美，可是这事很使得世间的鸟学家和乡下卖鸟肉的有点儿惶惑，猫头鸟是这样好吃的么? 日本的川口氏在《飞驒之鸟》卷一中便说及这事，以为要吃那只有一丁点儿，几乎全是纤维，而且还有一种臊气的肉，这有什么好呢。我在乡下养活过猫头鸟，的确知道他是轻而且瘦，从卖鸟肉的老妪的褡裢里也见到拔了毛的，只有小鸡那么样，更显得头大得出奇，据说生痨病的买去做药吃。陆玑《诗疏》云，鸮大如斑鸠，绿色，恶声之鸟也，入人家凶，其肉甚美，可为羹臛，又可为炙，汉供御物各随其时，惟鸮冬夏常施之，以其美故也。这么说来，他既非圆头大目，有毛角，当然不会是猫头鹰，至于这似斑鸠而绿色的什么鸟，现在似乎没有人认识，或者已经不见了。大概味道也不一定怎么好，否则人们不会把他放过，在野味店头总会出现的。

原载《亦报》一九五〇年四月八日

进京香糕

　　齐公在《亦文章》中报告香糕无恙，这是一个好消息，像香糕这种乡土风物的传统得以保存，可以想见一般工商业之并不衰落了。我离去故乡很久，其年数已与齐公高龄一样，可是对于香糕的感情还是很好，大抵可与麻糍并列吧。香糕本来是很简单的东西，可是制造甚难，这里工料是很重要的问题，两者之中小不合式，就做不到那么细腻香脆了。茶食店中有近似的一类，如琴糕、八珍糕、鸡骨头糕干（是哄小孩的很好的食品，比百子糕还要经济）、咸糕干等，却没有那黄而松的香糕，我想就是故意回避，因为那种专门出品别人是不易模仿的。清明时节山头松树开花了，那时的松花香糕有一种特别的清香，非常好吃，但就是平常的那种也很不错，他自有别的茶食所无的淡远的风味，或者可以说是代表和平的乡村的空气的吧。从前有人装了竹篓带到外边去，所以招牌上写道进京香糕，南货担子上也常有带卖的，虽然货色并不怎么道地，近来簟篓担已看不见，这也早已绝迹了，北京有杨村糕干，是京津路上的名门货物，其实只是琴糕之流，却也站得住脚，照这情形看来，北京的"香糕知音"很可能会多有，假如他们有机会尝到孟大茂的出品。现在国内统一，经济复活，各地的土产名物，渐次流通，香糕之再进京当不是不可能的事吧。

原载《亦报》一九五〇年七月十五日

罗汉豆

　　豆类里边我觉得罗汉豆最有意思，这在别处都叫做蚕豆，只有我们乡下称为罗汉豆，也不知道是什么缘故。我喜欢它因为吃的花样很多，虽然十九都是"淡口吃"，用作小菜倒是用途极少，我只知道炒什锦豆，剥豆肉蒸熟加麻酱油拌吃，以及与干菜蒸汤而已。剥半老的肉油炸为玉兰豆，或带皮切开上半，油炸后哆张反卷，称兰花豆，可以下酒，但顶好的还要算是普通的煮豆，取不老不嫩的豆煮熟加盐花，色绿味鲜，饱吃不厌，与秋天的煮大菱同样的可喜，而风味不同。炒豆有几种，佳者曰沙沙豆，豆浸水中一二日，和沙同炒，悉爆开甚松脆，多家中自制，店头所有者只是所谓铁蚕豆，坚如铁石。有一种大而扁平，俗名牛踏瘪，不甚硬而味较劣。塔山下卖炒芽豆甚有名，看似平常，却甘甜有味，大概重在芽出的程度，不关炒法也。普通芽豆煮食亦佳，但大抵供餐，空口吃的不大多。

　　小孩多以豆制为玩具，取嫩豆一粒，四周穿小孔，以豆蒂插入为四足及尾，再以极小之豆为头，即成一乌龟。又或取大粒，于一面以指甲掏成空钱纹，再将其一端切开，取出豆肉，便是一好果盒，可供半日玩弄，一干就不行了。还有利用豆荚的，取单节的豆，别选荚两半作翅膀插两旁，用线穿背上挂起来,说是燕子,荚的尖正像鸟嘴,想的很是巧妙。别的玩法大概还有,却是记不得了。

原载《亦报》一九五〇年七月二十五日

香酥饼

　　绍兴塔山下有两样名物，其一是香酥饼，其二是炒芽豆。小时候大人叫往塔山买芽豆，很高兴的跑去，但是买香酥饼时便有点儿踌躇了。香酥饼只有塔山下才有，两三家相近的开着，记得名称都是沛国斋加什么记吧，一间干干净净的店面，柜台里边疏朗朗的没有什么东西，只是几个大的瓷瓶，装着货色，那就是有名的香酥饼。这是寸许直径的小饼，样子很像上坟烧饼，大概用麦粉所做，稍有糖馅，质甚轻松，加上一种什么香料，与那名称也还相称。价值从前大抵是两文一个，也不算贵，不过因为个儿小，买了一百个也只是小巧的一包，送人不大好看，但是加上一句说明是塔山下的名物，自然就敷衍得过去了。这店里又有一个特色，是女人管店，虽然并不怎么描头画角，也没有什么风说，但总之不是老太婆，乃是服装不坏年纪不大的女人，客气的接待主顾，结果自然是浮滑少年喜欢多去，我们真心买香酥饼的而在年岁上易有嫌疑的人便难免反而有点不好意思。这很有点像书籍碑帖铺的样子，里边不知怎的有一种闲静的空气。我想或者最初有什么姓刘的流亡到那里，本来是文化人没有职业可做，只记得些点心的做法，姑且开个小铺对付度日，后来却有了名，一直就开了下

◎ 烙饼的摊贩

去。这是我空想的推测，是从那店的上下四旁看出来的。所缺便只是那实在的证据，这除了沛国斋没有人知道，所以于我也是无怪的了。

原载《亦报》一九五〇年七月二十八日

大家
讲说

馒 头

南方人到北京来，叫人去买几个肉馒头，这便成了难问题了。北方称有馅的为包子，馒头乃是实心的，现在叫他买有馅的实心馒头，有如日本照《孟子》例称热水曰汤，冷水曰水，留学生叫公寓的人拿热的冷水来，一样的一时有点想不通，没法子办了。但是仔细想起来，肉馒头这句话并没有错，因为古时候馒头是可以有馅的。宋人笔记说宋仁宗诞日赐群臣包子，但馒头之名更早，诸葛孔明之说固不可靠，唐梵志诗云，城外土馒头，馅草在城里，一人吃一个，莫嫌没滋味。可知馒头有馅唐时已然。又有人说，蒸饼也即是今之馒头，案宋时避仁宗讳，呼蒸饼为炊饼，那么武大郎所挑卖的也就是这物事了，《水浒》里只说他做几扇笼出卖，看不见裹什么馅，大概那也是实心的吧。

我们乡下的馒头都是有馅的，不是猪内，便是豆沙白糖，虽然南京茶馆的素包子的确也不错，可惜那里不知道做。说也奇怪，从前新式茶馆没有开设的时候，乡下买馒头的只有望江楼上一处，专卖元宵大的"候口馒头"，做点心极好，反正并不当饭吃，所以实心馒头是没有什么用的。北边面食是正当的饭，包子有点近于奢侈品，要讲好吃的馅更是奢侈了，正宗

还是馒头, 而且是实心的大个的, 这蒸得好的实在不错, 但在南方却是不容易遇见的了。

原载《亦报》一九五〇年八月四日

湿蜜饯

　　故乡因为最是熟悉，所以总觉得他有些事情比别处好。其一是糕点，小时候与他最有交往，当初并不觉得，可到北方后再也看他不见了，未免有点寂寞，后来在苏州木渎的小街上忽然看见爿小糕店，不禁欣喜，虽然也并不买吃什么。其二是糖色店，是专卖糖果蜜饯的，北京琉璃厂有一家信远斋，他的酸梅汤四远驰名，蜜枣杏脯也很名贵，货色当然要比乡下的好得多，不知为什么觉得很疏远，不及故乡的几处小铺更可怀念。那些铺子大抵都聚族而居的挤在大路口（地名）内，一间门面，花样却很繁多，一半是糖色即糖果，新年加上糖菩萨，这与糖人不同，那是用软饴，挑担吹卖的，一半则是蜜饯，可以说是古时候的罐头水果吧。水果本来宜于生吃，但是非时异地很难得到，煮熟晒干也是没法，装进白铁罐，更可致远，实在与黄沙罐也差不多，只是不会得撒出来而已。黄沙罐里装的是湿蜜饯，底下大部分是紫苏生姜片，犹如菜的垫底，至多果品有一半，枇杷桃子很占地方，此外是樱桃半梅金橘，顶上大都是一爿佛手柑。小时候看见了这一瓶，比什么都还欢喜，其实讲到味道不及一苗篮的甘蔗。

　　甘蔗真是果中英雄，除生吃外只可榨汁煎汤，制成宝贵的糖，却不能做蜜饯制罐头，荸荠还可切片糖渍，比起来也还不如了。

原载《亦报》一九五〇年八月九日

隐元豆

勤孟先生《落花生考》中据《辞源》说，清康熙初年僧应元往扶桑，觅种寄回，案，此语见于赵学敏《本草纲目拾遗》，系引《福清县志》语，是很不可靠的。其一，《拾遗》下文又引万历《仙居县志》云，落花生原出福建，近得其种植之，可见在明季时闽浙地方已经有了，其二，日本从前称落花生为唐人豆，现在叫南京豆，说是从中国去的。

至于应元虽有其人，却是写作隐元，法名隆琦，是福清县人，于顺治十年往日本弘法，创立黄檗宗法统，本县人慕他的名，便把本地所有的落花生同他连系起来，成为一种传说，原是很可能的事。可是事实上却正相反，他带了好些东西过去，最通行的是扁豆，称为隐元豆，又隐元菜即白菜（菘）。又有净素烹饪，用中国格式，主客共同围桌而食。所谓普茶料理，据说亦由隐元传去，通行于各地禅寺。印度人说玄奘带落花生到印度，也只是一种传说罢了，以时代论未免太早，在唐朝中国自己还没有呢。《翻译名义集》中说印度叫桃子曰至那你（？），意云汉持来，因为是从中国传去的，别的果物似乎没有说及。

原载《亦报》一九五一年一月十四日

落花生

传说鲁迅最爱吃糖，这自然也是事实，他在南京的时候常常花两三角钱到下关"办馆"买一瓶摩尔登糖来吃，那扁圆的玻璃瓶上面就贴着写得怪里怪气的这四个字。那时候这糖的味道的确不差，比现今的水果糖仿佛要鲜得多，但事隔四五十年，这比较也就无从参证了。鲁迅在东京当然糖也吃，但似乎并不那么多，倒是落花生的确吃得不少，特别有客来的时候，后来收拾花生壳往往是用大张的报纸包了出去的。假如手头有钱，也要买点较好的吃食，本乡三丁目的藤村制的栗馒头与羊羹（豆沙糕）比较名贵，今川小路的风月堂的西洋点心，名字是说不出了。有一回鲁迅买了风月堂新出的一种细点来，名叫乌勃利，说是法国做法，广告上说什么风味淡泊，觉得很有意思，可是打开重重的纸包时，簇新洋铁方盒里所装的只是二三十个乡下的"蛋卷"，不过做得精巧罢了。查法文字典，乌勃利原意乃是"卷煎饼"，说得很明白，事先不知道，不觉上了一个小当。

在本乡一处小店里曾买到寄售的大垣名产柿羊羹，装在对劈开的毛竹内，上贴竹箬作盖，倒真是价廉物美，可是买了几回之后，却再也不见了，觉得很是可惜，虽然这如自己试做，也大概可以做成功的。

原载《亦报》一九五一年五月二十六日

落花生的来路

　　小时候在乡下过新年，照例很是高兴，因为有东西吃，年糕粽子、瓜子花生、荸荠甘蔗，都是粗品，却也很是实惠。这些东西之中，只有落花生是外来的，因为方以智的《物理小识》中叫它作番豆，可见它与番瓜、番茄是同样的出身，我们从文献上可以知道万历中由福建传入浙江，崇祯中可能到了两江，虽然《本草纲目》中还未曾收入。

　　落花生的原产地据植物学家说是在热带美洲，屠鸦先生所说巴西秘鲁大概是不错的，只是怎么传到中国来的呢，这时间路线便不易推测，因为西班牙征略秘鲁等地是在一五三零年以后，即明嘉靖年间，到万历中才五六十年，怎么能传布开去的呢？这可能有两条路，一是北路，千六百年利玛窦入北京，耶苏会士多南欧人，或者带了来；一是南路，一五五七年葡萄牙人占澳门，由那边传到广东福建去。据个人的臆见，似以南路比较近似。初来大概是小花生，大花生乡下通称洋花生，可知还是近时才有。说也奇怪，因为有了洋花生，所以那小的一种反而得了本地花生的徽号了。

原载《亦报》一九五一年一月十五日

略谈乳腐

从前我写过一篇《华侨与绍兴人》的文章，说绍兴人到处乱钻，引过《越谚》里两句谚语为证，其一云："麻雀豆腐绍兴人。"原本有注云："此三者不论异域殊方皆有。"其二云："长江无六月。"原注云："越人皆有四方之志，不敢偷安家居，无六月者言其通气风凉，虽暑天亦可长征也。"绍兴人做酒，卖给普天下的客官喝，我想这是他们遍处钻的第一理由，有如徽州朝奉的带了茶叶走遍天下一样。绍兴人于做酒之外还会造酱，北方一带的酱园都说是由绍兴分设的，其他酱豆腐、糟豆腐及臭霉豆腐等，还有霉干菜，虽然绍兴人只叫干菜，不加霉字，其起源的地方也是绍兴，大概当初这些东西也由他们专卖的，那么影响之大盖可想而知了。

现在我们只来说关于酱豆腐类的事情。绍兴只称红霉豆腐、臭霉豆腐，其小者名棋子霉豆腐，术语则曰棋方，臭霉豆腐曰青方，红者不闻有什么名号。关于名称的争执，这虽然有点像阿Q，其实北京话的酱豆腐是不很妥当的，因为望文生义的看去，很像是说酱汁煮豆腐，不如说红霉豆腐的更得要领，但是一地的方言，而且文句太累赘，所以未能适用。现在通用的还是一种通俗的文言，称之曰乳腐，民间也叫作腐乳，查《国语辞典》也是二者兼收。它的出典查乾隆时顾张思的《土风录》卷五，引《唐国史补》说，穆氏兄弟四人赞、质、员、赏，时以赏为乳腐，言最凡固也。乳腐字见此。意思虽是不很明了，但可见由来已久，自唐宋以来已有此语了。

乳腐出自豆腐，豆腐虽然也是很平凡的东西，但是它的本性很是随和，可贵可贱的，所以一般穷人也都吃得，一面也有那做过宰相的人所供应的一品豆腐，里边百珍俱备，为文人们所津津乐道的。但是乳腐可是无论怎样总是上不得台盘的了。我们在北京大小饭馆里吃饭，不记得有过在吃稀饭的时候，去要过一碟乳腐来过，若是要时恐怕堂倌也只报以轻蔑的一笑，说我们这里没有这个东西吧。

其实乳腐这一类东西本来只是穷人们所吃的，因为咸的东西很是"杀饭"，也写作"煞饭"，言其只用一点便可以送下许多饭去，所以乡民的副食物如霉豆腐，以及自制的干菜咸菜、霉苋菜梗、霉千张（普通话叫百叶）和市售的勒鲞淮蟹，无不极咸，这就是所谓食贫的滋味吧。咸菜到了明年秋后，渐由酸而变臭，称为臭咸菜，尤极珍重，苋菜梗粗壮者切段，腌藏发霉，极可下饭，俗称"敲饭榔心"，榔心即榔头，木椎安横柄，苋菜梗形似之，故有此名，亦可以见老百姓诙谐的一斑。上边所说的情形只限于钱塘江东边，若是西边那是杭苏一带，人民生活自昔称为繁华，口味亦更为和淡，且多加甜味，此亦是生活舒适之一证。我因为从小习惯，对于故乡一切霉的臭的食物都很喜欢，无奈路远不能致，北京也有臭豆腐，其原始或亦来自绍兴，但暑期中因怕生虫，暂时停制，这是很可惜的，其实在暑伏中吃白粥配以臭霉豆腐，乃是极妙的消暑法也。

马先生汤

讲到旅行用的汤料，令我想起马先生汤来，虽然这与旅行是无关的。北京饭馆里带姓的菜不很多，我只知道从前广和居有江豆腐与潘鱼，这是那一个江部郎或潘太史所发明的，我已经弄不清楚，但东西是吃过的。豆腐与鱼都可吃得，也不觉得怎么的好。俗传这鱼系用羊油汤所煮，鱼羊相合成鲜，近于拆字摊的说法，未必是事实。现在广和居早已关门了，却还有同和居存在（其实别处也都会做），有志者不妨一去试验，究竟有无羊肉味儿。比这些后起的便是马先生汤，这里不叫马汤而用先生的尊称，也是很有意思的事情。马先生叙伦那时在北大教书，传此方于饭馆，吃了也实在并不太好，大概是用些鲜味的东西煮成，据马先生告诉别一马先生马裕藻说，照他的方做汤，本钱就要若干元（可惜这数目字失记了），在饭馆只能卖几毛钱一碗，自然不能道地的做了，大约因为这个缘故，虽然马先生现在北京，这汤却早已不见，只有老堂倌还知道这个名称吧。

原载《亦报》一九五〇年十二月二十一日

果子与茶食

中国称点心为茶食，日本则名为果子，普通又加添一个御字曰御果子。这本是女人说话的口气，但是现在已成通行的习惯，即茶饭亦称御茶御饭了。其实当初所谓果子即是说水果，古书《延喜式》（延喜年间所编，在中国唐末）里历举栗、柿、梨子、柑子等，后来模仿中国做米面的点心，名称还是照旧，只不过叫那些果物为"水果子"而已。中国式的点心大约做的很是不少，可是顶有名的乃是"八种唐果子"，根据《厨事类记》所列举的，是梅枝、桃枝子（亦作梅子及桃子）、桂心、粘脐、饆饠、团喜、馉子、餲餬，都是照汉字音读的，写的字也很麻烦。除梅枝和桃枝不可考以外，据后人的记录大略可以知道，桂心是一种和有肉桂细末的点心，这肉桂乃是从中国输入的。粘脐乃是面粉所做，用油炸过，底平，上边洼下一点，像是人的肚脐，从前在南京当学生的时候记得曾经买过，叫做金刚脐子，或者是它的后裔，不过乃是蒸的却并非油炸罢了。饆饠据唐朝的《资暇录》里说，因为蕃中毕氏、罗氏好食此味，故以为名，似乎说的有点牵强，总之是记音的字，那是无疑的了。据《类聚名物考》里所说，系用糯米粉所作，扁平形如煎饼，明初的《琵琶记》中说赵五娘因年荒，只供给舅

（上）◎ 点心
（下）◎ 街头的茶壶

姑米饭，自己独吃米糠所做的饆饠，大概却是与窝窝头相似吧。团喜即是佛经故事里常说的欢喜团，本来印度据《涅槃经》说是用酥面、蜜姜、胡椒、荜茇、蒲萄、胡桃诸物和合而成，中国未必能够照样的做，或者只是仿仿元宵一类的东西罢了。馉子是一种蒸饼，或者形作尖锥，《教坊记》里记苏五奴的话，所谓吃馉子亦醉，很是有名的故事。宋朝书里称焦馉，或曰宝糖馉，特为脆美，恐怕也是油炸的。餲餬《倭名类聚抄》云，饼名，煎面作蝎虫形也，《齐民要术》里说用酥面油煎，然则亦是寒具之类。此外有饼餤馄饨等也是来自中国，却不算在八种唐果子之内，所以现在从略了。

自十二世纪起日本由军人执政，经过了一个很大的变革，唐朝文化的影响渐以减退，但是佛教势力却仍是旺盛，而且似乎更是扩张开来了。自此以后直到近时为止，国民生活与文化差不多都受着这个影响，由华丽转向简素，由浓厚转向清淡，就饮食也是如此。用鸡鸭肉腥为馅的饼餤馄饨全然不见了，不必说是酥面乳酪，便是用油炸的寒具作风的吃食也没有了，这在八种唐果子里几乎都是一样的做法。说也奇怪，现今的日本点心差不多全不用油，这是很特殊的。但是它也并不是完全摆脱了中国的影响，可以举出几点来说。

日本点心里最大的一类乃是馒头，这在中国说应当说是包子才对，因为那种替代饭吃的实心馒头在日本是没有的，它只是里边有馅，大约一个两三口吃的大小，看古代玩具吃馒头的小孩，手里拿着擘开的馒头，那里也是豆沙馅，没有什么鸡肉虾仁或是菜馅的。据说在十四世纪前半足利义政做着将军的时候，一个名叫林净因的中国人来到日本，开始做馒头，为盐濑馒头的始祖，一块招牌是足利将军给写的。林净因自称是林和靖后人，但是梅妻鹤子的人不曾听说他有子孙，所以或者是做《山家清供》的林洪一家也未可知吧。看他的名字像是出家的人，但是他有后裔在日本，开着馒头店,说是二十九世了。盐濑馒头也没有什么特别,只是薄皮透明,个子很小,大概是故乡的"候口馒头"的一类吧。

馒头没有什么别的花样,馅也只用纯净细腻的豆沙,可是外边的皮可以有些变化,有如葛馒头和荞麦馒头,乃是用葛根粉与荞麦面做外皮的。不过此外有许多饼饵之类似乎也可以归在这里,凡是用豆沙做馅,米粉做皮子的都是,虽然有种种美好的名字,这里为的说来太啰嗦了,所以不再列举。

其次是煎饼类,这是极普通的一种食品,无论什么人都爱吃的。其所谓煎实在乃是烘烤,用米粉和水,加上盐或是糖,摊成方圆大小各片,在火上烘成,或者流入有花纹的铁夹内,大形者有屋瓦那么大小,称曰瓦煎饼,吃时须用木槌敲碎吃,一个人也吃不了一片。也有小的像半截小指,那就是另外一种名称叫作"雹子"了。在馒头与煎饼之间还有一种东西,也是极普通的,日本名"最中",意译是中天的月亮,乃是用糯米粉烘成薄皮,与中国做蛋卷法相同,四周略高,两片相合,中装豆沙,样子很像是月亮。北京茶食有茯苓饼,仿佛意思相同,但是里边的百果仁太是复杂,有点吃五仁月饼的感觉了。

第三类是羊羹,用中国话说是"豆沙糕"。据说它的来源也是中国,从前上田恭辅说这是模仿中国古代的羊肝饼的,但日本羊羹店的传说则是说由于看见羊肉冻子而想到的,似乎后说未免牵强一点,虽然从字面上看是对的。当初只是一种紫黑色的糕,后来加以改良,用小豆和糖做材料,制成了蒸羊羹,到了十七世纪后半从石花菜提炼洋菜成功了,就用了洋菜改作炼羊羹,因为这店是一四六一年就有了的,所以说是创业有五百年了。以历史年代的久远来说,它和馒头是可以媲美的。馒头在中国一直存在着,羊羹则是没有了,但在这近几年中却又开始移植过来,在北京有个娶了一个日本点心店的姑娘的人,便来仿制,也相当盛行,但是在日本羊羹的原料是限于豆类，虽然也有栗子、柿子，似乎都不甚适宜，中国的则有奶油可可等花样，而且加入果子露，变得过于复杂，失掉了原来的纯粹的风味了。

第四类是落雁，中国可以说是炒米糕，不过它的材料不是炒米乃是炒麦面罢了。据说这名称乃是因了"长生殿"这种点心而起的，"长生殿"是一种长方形的模仿中国古墨的样式，用炒麦粉装在木模子里印成的点心，白色的上面撒有几粒黑芝麻，后水尾天皇见了说道，这好像是稻田的落雁，后来就以此为名了。其实这两个字恐怕还是外国话的音译，因为朱舜水在日本所写的文章里面，称它为软落甘，明清杂书记松子海啰㗆的做法，这里三个名字大概就是一个东西吧。此外还有一种食品，汉字写作粔籹，俗语叫做米花糖，系用糯米或小米蒸过，俟干燥加入糖稀拌炒而成。此外或者也还有什么可谈的，但今悉从略了。

日本的点心从全体上看来，或者是佛教上来的影响吧，大抵是由华丽转向简素，由浓厚转向清淡，所以一般是不用荤腥，也绝少用油，就是像中国点心的那种起酥翻毛的皮也是绝没有的。这是它的一种特色。但是自从维新以后这种情形也逐渐变化了，随着牛肉猪肉的盛行，西洋点心也逐渐侵入，风月堂首先创制"红叶山"，是一种日本式名字的洋点心，茶褐色径一寸的半圆形，中间有奶油的鸡蛋糕，这是在明治的末期的事情，只是才起头，到了现在是嚼口香糖、喝可口可乐的别一个时代了。——我在上边只说了"果子"一边，没有说及茶食，但是看了上面的文章，也可以得到一个比较吧，所以我说不说也是没有关系吧。

水果与仙丹

东昌坊口东北角的水果摊其实也是一间店面，西南两面开放，白天撤去排板门，台上摆着些水果，似摊而有屋，似店而无招牌字号，主人名莲生，所以大家并其人与店而称之曰"水果莲生"云。平常是主妇看店，水果莲生则挑了一担水果，除沿街叫卖外，按时上近地各主顾家去销售。这担总有百十来斤重，挑起来很费气力，所以他这行业是商而兼工的，主顾们都是街坊，看他把这一副沉重的担子挑到堂前来，觉得不大好意思让他原担挑了出去，所以多少要买他一点，无论是杨梅、桃子或是香瓜之类。东昌坊口距离大街很远，就是大云桥也不很近，临时想买点东西只好上水果莲生那里去，其价钱较贵也可以说是无怪的。近处有一个小流氓，自称姜太公之后，他曾说水果莲生所卖的水果是仙丹，所以那么贵，又一转而称店主人曰华佗，因为仙丹只有那里发售，但小孩们所怕的却并非华佗而是华佗太太，因为她的出手当然要更紧一点。这店里销路最好的自然是甘蔗、荸荠，其中更以甘蔗为大宗，虽然初夏时节的樱桃，体格瘦小，面色苍白，引不起诗人的兴趣来的，却大为孩子们所赏识，一堆一堆的也要销去不少。至于大颗的，鲜红饱满的那种樱桃呢，那只有大街里才有，

价钱当然贵，可是一听也并不怎么大，因为卖樱桃照例用的是"老十六两"秤，原来是老实六两，那么半斤也只是说三两的价钱而已。

原载《亦报》一九五〇年五月二十五日

山楂与红果

　　读了江幼农先生讲山楂的文章，真觉得有点馋起来了，因为我是爱吃酸甜的东西的。可是读完了的时候也不免失望，因为他遗漏了一样物事，这便是北京水果店里所必备的炒红果。我在乡下的时候，吃过山楂糕，方言只叫做楂糕，也吃冰糖葫芦，叫做糖山球，我知道这都是用红果所做的，国语则云山楂。北京的冰糖葫芦很有名，比乡下的做得好多了，有些中间嵌核桃或豆沙的，我却并不赏识，以为还是那简单用红果做的好。炒红果则只是北京有，我觉得很好，虽然假如自己家里来制造自然还要好，至少是会软得多。这同冰糖葫芦用的是一样的材料，煮熟剥皮去核，加糖再煮，并不曾炒，却叫做炒红果。这红果的名称也是与乡下方言相合的，北京普通称为山里红。在乡下另有一种，叫做山里果子。与红果不同，个子较小，形如算盘子，山里人用线穿成大小各串，在街上叫卖。我以前一直把这当作山楂，看药店里所用的山楂也正是这个，并不是大个的红果。这种山里果子在北京似乎没有，就只不曾去请教药店，不知道他们用的是哪一种。《本草纲目启蒙》中引各医书中名称，有山果子、映山红果、糖球儿、糖球子、棠球子各种，仿佛与山里果子、红果、糖山球各俗名都有关

◎ 糖葫芦

系的样子，又有山栗红果与山栗果两名，我颇怀疑第二字有误，如写作里字就正好了。这末了两个名字据说出于《古今医统》。

原载《亦报》一九五一年十二月二十二日

香　瓜

　　家里的人出去买菜，因为刚收到一笔进款，便给小孩们买了些水果，有桃子杏子，新鲜玉蜀黍（虽然俗称还是老玉米），和两个香瓜。这香瓜在房间里搁了一会儿，我并不去注意他，还是写我的字，可是鼻子里时时闻到一阵阵的香气，很是好闻，随即过去了，要过一些时光这才再来。我倒也不引起要吃的欲望来，只是觉得很高兴，原来瓜是那么香的，这在平常并非不知道，不过这么切实的了解仿佛还是第一次。瓜这东西是很好的，但不是重要的食物或副食物，至少青瓜王瓜以外的甜的瓜类都算是果子，是不是多少有点奢侈品的意味，与民众不免稍有距离呢。我想，这是未必然的。要严格的说来，茶酒与烟也不是必须的日用品，可是事实上在极大多数已经是不可缺的了。果子能供给维他命，也就有必须品候补的资格。好吃的东西只要能普及于民间，不管怎样我想都是好的，不必再歧视他，反正在一般民众购买力所及范围内，说不上是奢侈的。对于挑担推车卖的吃食我一向很有好意，觉得这都是民众性的食物，因为小时候吃惯了，感觉爱着，大概也是一部分的理由。

原载《亦报》一九五〇年七月二十九日

谈食鳖

方濬师著《蕉轩随录》卷八有《使鳖长而后食》一则云：

> 缙云氏有不才子，贪于饮食，谓之饕餮，甚矣，饮食之人则人
> 贱之也。鲁公父文伯饮南宫敬叔酒，以露睹父为客，羞鳖焉，小，睹
> 父怒，相延食鳖，辞曰："将使鳖长而后食之。"遂出。酒食所以合
> 欢，文伯与敬叔两贤相合，不知何以添此恶客，真令人败兴。

案，此事见《国语五·鲁语下》。《左传》宣公四年也有一件好玩的事：

> 楚人献鼋于郑灵公。公子宋与子家将见，子公之食指动，以示
> 子家曰，他日我如此，必尝异味。及入，宰夫将解鼋，相视而笑，公
> 问之，子家以告，及食大夫鼋，召子公而弗与也，子公怒，染指于鼎，
> 尝之而出。

这因后来多用食指动的典故的关系吧，知道的人很多，仿佛颇有点幽默

味，但是实在其结果却很严重，《左传》下文云：

> 公怒，欲杀子公。子公与子家谋先，子家曰，畜老犹惮杀之，而况君乎。反谮子家，子家惧而从之。夏，弑灵公。

《国语》也有下文，虽然没有那么严重，却也颇严肃。文云：

> 文伯之母闻之怒曰，吾闻之先子曰，祭养尸，飨养上宾，鳖于何有，而使夫人怒也。逐之，五日，鲁大夫辞而复之。

《列女传》卷一《母仪传·鲁季敬姜》条下录此文，加以断语云：

> 君子谓敬姜为慎微。诗曰，"我有旨酒"，嘉宾式宴以乐，言尊宾也。

关于子公子家的事《左传》中也有君子的批评，《东莱博议》卷廿五又有文章大加议论，这些大概都很好的，但是我所觉得有意思的倒还在上半的故事，睦父与子公的言行可以收到《世说新语》的《忿狷》门里去，似乎比王大王恭之流还有风趣，王蓝田或者可以相比吧。方子严大不满意于睦父，称之为恶客，我的意思却不如此，将使鳖长而后食之，不但语妙，照道理讲也并不错。查《随园食单》"水族无鳞单"中列甲鱼做法六种，其"带骨甲鱼"下有云：

> 甲鱼宜小不宜大，俗号童子脚鱼才嫩。

侯石公的话想必是极有经验的，或可比湖上笠翁，但如此精法岂不反近于饕餮欤。凡是吃童子什么，我都不大喜欢，如童子鸡或曰笋鸡者即是其一，无论吃的理由是在其嫩抑在其为童也，由前说固未免于饕餮之讥，后者则又仿佛有采补之遗意矣。不佞在三年前曾说过这几句话：

    我又说，只有不想吃孩子的肉的才真正配说救救孩子。现在的情形，看见人家蒸了吃，不配自己的胃口，便嚷着要把它救了出来，照自己的意思来炸了吃。可怜人这东西本来说难免被吃的，我只希望人家不要把它从小就栈起来，一点不让享受生物的权利，只关在黑暗中等候吃肥了好吃或卖钱。旧礼教下的卖子女充饥或过瘾，硬训练了去升官发财或传教械斗，是其一，而新礼教下的造成种种花样的使徒，亦是其二。我想人们也太情急了，为什么不能慢慢地来，先让这班小朋友去充分的生长，满足他们自然的欲望，供给他们世间的知识，至少到了学业完毕，那时再来诱引或哄骗，拉进各帮去也总还不迟。

我这些话说得有点罗里罗嗦，所讲又是救救孩子的问题，但引用到这里来也很可相通，因为我的意思实在也原是露睹父的"将使鳖长而后食之"这一句话而已。再说请客食鳖而很小，也自难免有点儿吝啬相。据随园说山东杨参将家制全壳甲鱼法云：

    甲鱼去首尾，取肉及裙加作料煨好，仍以原壳覆之，每宴客，一客之前以小盘献一甲鱼，见者悚然，犹虑其动。

这种甲鱼虽小，味道当然很好，又是一人一个，可以够吃了，公父文伯的未必有如此考究，大约只是在周鼎内盛了一只小鳖，拿出来主客三位公用，那么这也难怪尊客的不高兴了。请客本是好事，但如菜不佳，骨多肉少，酒淡等等，则必为客所恨，观笑话中此类颇多，可以知之，《随园食单》即记有一则，《笑倒》中则有四五篇。吝啬盖是笑林的好资料，只关于饮食的如不请客，白吃，肴少等皆是，奢侈却不是，殆因其有雄大的气概，与笑话的条件不合耳。文伯的鳖小，鳖还是有的，郑灵公的鼋则煮好搁在一旁，偏不给吃，乃是大开玩笑了，子公的"染指于鼎，尝之而出"有点稚气好笑，不能成为笑话，实在只是凡戏无益的一件本事而已。《左传》《国语》的关系至今说不清楚，总之文章都写得那么好，实在是难得的，不佞喜抄古今人文章，见上面两节不能不心折，其简洁实不可及也。

原载《中国文艺》一九四〇年一卷六期

松花粉

　　《蕉轩摭录》卷十二"松花"条下云："吾乡每于春服既成后,入山采松花作粉,色黄味甘,咽之他物无其美也。"案《越谚》卷"饮食"部中有松花粉,注云："山松春花,黄细如粉,樵采,入面粉,清香仙家味。"松花粉平常多和入米粉中为糕干,名曰松花糕干,又糕店作小麻糍如鸡子大,中裹糖馅,外涂松花,名曰松花小鸡,小儿甚喜食之。民家则用以和糯米粉,搓成小团,汤瀹加糖,味最香滑,俗称松花团团,读若土圆切,盖是无馅的汤团,其名字或者亦即从此转出也。其只就长条摘成小块,不搓圆者,名曰毛脚团团。陈年松花粉夏日以扑小儿身体,治痱子颇良,比天花粉为佳,但不易得耳。

选自《书房一角》

糊 鱼

俞国琛著《风怀镜》，为朱竹垞《风怀诗》作注，凡例之十云：

注书之难，陆剑南早已言之，余按《风怀诗》外另有《食鮬鱼》一首，起四句云："白小休论小，奇珍信可珍。炎天来积雪，入馔总如银。""白小"，面条银鱼，见《金壶字考》。竹垞此诗作于顺治已亥，是年客越中，则所咏之鮬鱼正指吾郡昌安门外之鮬鱼而言。盖鮬鱼最白最细，见于端午后，今浙西人游越每津津道之，乃杨、孙两家之注咸引《尔雅》，以为似鳊而大鳞，肥美多鲠，最大长三尺者为当鮬云云。无论绍兴夏日并无大鳞多鲠三尺长之鱼名鮬鱼，即万一有之，则起首五字"白小休论小"竟作何解？若竹垞以三尺者为小鱼，必且以吞舟者为大鱼矣，顾可入馔耶，岂不令人失笑。不玩字句，惟填故实，一诗之注如此，他诗可知。又按，"鮬鱼"今俗写作"糊鱼"，言烹熟时如面糊搅成一块也，于义亦通。

案范啸风著《越谚》卷中"水族"类写作"鳠鱼"，注云："细多如糊，

四五月出山阴大桶盘湖中，放面食极鲜。"其实此只是糊鱼，《尔雅》之鮀乃是鲋鱼，鱯则似鲇而大，二者虽同有糊音，而决非长不及半寸之白小，甚为明显。老百姓不读《尔雅》《说文》，其命物名，如不是世俗相沿不可解的称呼，大抵就所闻见取材，读书人纪录时加以古雅化，或反失之，范君通人且亦不免，他无论矣。

选自《书房一角》

素火腿

王渔洋《香祖笔记》卷六云："越中笋脯，俗名素火腿，食之有肉味，甚腴，京师极难致。"案，越俗以炒花生与豆腐干同食，名素火腿，传说金圣叹临刑遗书说此事，云此法若传，死无恨矣。所谓笋脯只简单的称笋干，不闻有何别名，或是京师人所锡与之佳名欤，亦未可知。

附记

王渔洋谓笋干俗称素火腿，案，张宗子《瑯嬛诗集》咏方物五律有兵坑笋干，注云土名素火腿，然则昔时原有此称，惟近已不差闻知矣。校正时记。

选自《书房一角》

关于水乌他

　　齐甘乡兄在牛奶店吃了水乌他，却说"一吃，原来是牛油，怎么会叫水乌他的呢？不知道"。我是略为有点知道，虽然不曾吃过这种外国点心。敦崇所著《燕京岁时记》里十月项下有一个题目是"水乌他、奶乌他"，其文曰："水乌他，以酥酪合糖为之，于天气极寒时乘夜造出，洁白如霜，食之口中有如嚼雪，真北方之奇味也。其制有梅花、方胜诸式，以匣盛之。奶乌他大致相同，而其味稍逊。"乌他是满洲语，据《满和辞典》里说，这是将枸杞子汁与牛乳白糖混合，用干酪凝结而成的一种点心，所以应该与黄油是差不多的东西，至于现今北京是否还用枸杞，那我可不知道，只是书上那么说而已。乌他是说明了，其水与奶二者的区别却仍是未详，最简单的方法还是由齐公再去吃一回奶乌他，那就可以比较出来了。《燕京岁时记》是木板的一小册书，原板尚存，大概旧书店里不难找到，齐公大可去弄一本来看。假如没有，则李家瑞编的《北平风俗类征》亦可，是前中央研究院历史语言研究所专刊之一，大本二册，原定价要四元，商务印书馆如尚有，不知要卖几千倍了。这里分十三门类，辑录成书，照道理讲是该便于检阅的，可是有这几个缺点，没有索引，以至细目。二排列杂乱，年代不明，三大册长行，翻看不便，如用对截小册子，其实也只要四至六册就行了。至于疏漏亦所不免，即如上述《燕京岁时记》的一条，那里也有，却写作《天咫偶闻》，这种笔误偶尔发见，或者还不会很多吧。

原载《亦报》一九五〇年五月二十五日

果子糖

我不曾尝过天下第几泉，可是水的味道我总觉得泉水最好，其次是天落水即雨水，好的井水和河水，顶卫生也难得喝到的是蒸馏水，但是也最不好吃。蒸馏水在原质上是极纯净的了，喝起来却是淡而无味，因此虽适合于医药用科学用，以白开水论不能得世人的欢迎的。精盐最干净洁白，放在食桌上很好看，但调味还是粗盐为佳，四川朋友夸说那里的盐巴，可惜我未曾见到。酒里边有不由酿造而以配合成的，在日本叫做理研清酒，因为是理化研究所所制造的，据说比起普通酒来有好些好处，如不会酸坏，不隔日醉，可是也有缺点，它缺少那黄酒的一种香味，又只宜冷吃，烫热了便有点"日头气"，这在冬天衣被上倒还没啥，若是酒杯里就非所宜了。

从前刘半农最讨厌人标榜化学什么，如化学酱油之类，常说食物最好的是自然成品，既益人又好吃，人工制品只能供缺乏时救急之用，如维他命丸。巴黎市场上如陈列化学白脱油，谁也不屑过问的。这道理很平常，但因此就很正当，中国一般人却似乎以人工的化学的食品为文明进化，更其受用，显明的例是美国来的那些糖果，其数量大概很是不少。我想果子糖当然要吃它的果子味，糖果里的色与香且不说，味也都是假的，资本主义的商人只顾赚钱，暂且由他，我们工商界大可不必亦步趋的做，用真的蔗糖加真的果味，制造点质朴的土糖果出来，以替代无聊的口香糖之类，现在也该是适当的时代了吧。

原载《亦报》一九五〇年七月二十三日

真说凉菜

前几天报上登出一篇拙文，题曰《凉菜》，我自己疑惑这是什么时候写的呢，看到第二段才知道原来是凉药之误，但因此得到了一个题目，也是很可喜的。中国饮食都讲用热的，这一点与吃番菜正是相反，鱼翅海参这些海错，冷吃不免腥韧，红烧清炖的菜以及羹汤，也都不宜于冷吃，大势所趋原是如此。但是凉菜亦不是没有，而且各有其特色，凡是能喝三杯的人当无不欢迎，虽然真能喝酒的人并不计较下酒的菜。中国酒也热吃，不但是所谓黄酒，便是白酒也是一样，这也是世界无比的，说也奇怪，葡萄酒、啤酒、白兰地烫热了真是不好吃，惯吃热酒的中国人，所以也只好从众。但是菜无论怎么热都不妨，酒则便有个程度，据说："太热则酒伤，不堪入口，饮之且损肺矣"。《平蝶园酒话》亦云：尝见人先将酒置沸汤中，然后入厨定菜，比菜至酒已百沸，主人引壶觞而酌曰，趁热吃一杯，真大冤苦。平君好说诙谐话，但这里所说却是很中肯的，前人做不撒姜食的八股文有云：神明不可不通，而亦不可太通，其此之谓欤。

原载《亦报》一九五〇年十一月二十九日

锅　块

老朋友东阳仲子是吴兴籍，但是生长在陕西，他吃面食最喜欢锅块，这和爱吃糯米与我都是同志，虽然我是纯粹的江东人。锅块的特色是用硬面的，其次是厚实大块，往往直径一二尺，厚有二三寸，快刀切下一方来，着实耐咀嚼。普通面制品多用软面，不是发酵便起酥，或蒸或烙了吃，硬面是不发酵的，搁的水也较少，又是烤制，所以不愧一个硬字，这自然在锅块为甚，硬面馒头也是蒸的，硬面饽饽都是小个，就没有什么难吃的地方。犹太人过逾越节吃无酵饼，据《出埃及记》第十二章说，他们用埃及带出来的生面，烤成无酵饼，这生面原没有发起，因为他们被催逼离开埃及，不能耽延，也没有为自己预备什么食物，这饼大概也是硬面的锅块一类的东西吧。在吃惯了面包的人吃这种粗制的饼自然觉得不好，全是一种纪念落难的意思，但是中国北方却是民间的常食，朴实可喜，我虽是吃过望江楼候口馒头（北方应称包子）的人，但实在愿意给它作义务的宣传。

原载《亦报》一九五〇年十二月十三日

六谷糊

柳絮先生说玉蜀黍一名六谷，是第六谷的意思，这话大概是很对的。中国向来重五谷，但是哪五种呢，过去国学家都没有弄清楚，现在姑且说是黍、稷、稻、粱、麦吧。这里边只有稻、麦算是常食，别的三种如解作黄米、小米和高粱，便已经有点看不起，虽然还是在五种之内，那第六种的更被歧视可以说是当然的了。不过这实在是不公平的，只因在封建社会里多数人民都很贫穷，吃不起米面，以杂粮当饭，连累那些谷物也地位降低了，其实它们本身原是很好的，与稻、麦并无多大差别。

即如玉蜀黍吧，小时候在杭州，遇见一个台州的老太太，常吃六谷糊，中间搁一点山薯，我吃得很好，就一直没有忘记。说也奇怪，老爷们平常轻看"窝窝头"，但北海里仿膳社所做的小窝窝头却又吃得很有滋味，而且酒席末了的玉米稀粥也是大家所很加赏识的，这原料叫作玉米丝儿，我想或者就是粞字吧。普通说起"杂和面"来，觉得这是很粗的粗粮了，玉米面与黄豆面如适当的掺和，蒸成窝窝头来其实也是很香的。

原载《亦报》一九五一年十一月二十八日

萨其马

　　北京到了冬天，萨其马和芙蓉糕便上市了。《燕京岁时记》云：萨其马乃满洲饽饽，以冰糖奶油合内面为之，形如糯米，用不灰木烘炉烤熟，切成方块，甜腻可食，芙蓉糕与萨其马同，但面有红丝，艳如芙蓉耳。现在南方也有这点心了，小时候在乡下听说同馥和新制有满洲点心，其时约在光绪二十几年，北京自然早有了吧，但以前的文献上也还找不到什么记录。我想这与北京新年所用的蜜供不无关系，《岁时记》云形如糯米，殊不得要领，其实是细细的面条上面若糖蜜堆积而成，与蜜供的性质大略相近。蜜供用面切细方条，长一二寸，以蜜煎之，砌作浮图式，中空玲珑，大小高低不等，五具为一堂，岁暮祀神祭祖用充供果。这是南边没有的东西，但仔细看去，也并不全是面生，家乡喜果中有金枣、珑缠豆，后者是白豆包糖，前者如《越谚》所说，粉质芋心，炸胖洒糖，颇有点像放大的碎蜜枣。古书中的寒具，也似乎是这一类的东西，北京现有蜜麻花，即是油馓子外涂蜜，吃时要沾手，恐怕是蜜供与萨其马这一类中历史最古的老辈吧。

原载《亦报》一九五〇年十二月十四日

豆　沙

　　我们年年吃月饼，和其他有馅的点心，吃惯了豆沙，不觉得怎么特别，其实这是中国所特有的，日本等处也有。乃是从中国传去，所以根本还是一样。据考证家说，《说文》中有豆上宛字的一个字，注云豆饴，即是后代的豆沙。汉朝已有蔗浆，豆沙很有可能，虽然白糖的制造还一直在后。顾雪亭的《土风录》里说，饼饵馅以赤豆末红糖炒之曰豆沙，见范石湖《祭灶诗》，豆沙甘松粉饵圆。这里石湖所说即是澄沙汤团，普通只是赤豆馅，但用芸豆等做便是白的，广东月饼里有豆蓉，大概是广州话吧，别处似乎没有适当名称，不妨拿来应用。在西洋点心中便不见有这一类的东西，他们常用的是酪与可可糖，与中国正是别一路道，表明两方的系统一是农业一是牧畜的。可可非西方所固有，乃是帝国主义的产物，十六世纪中西班牙侵占墨西哥，从土人手里抢得了可可豆，这才知道饮用这物事，传至今日，还只有热带地方出产，假如白人不事剥削这些土人，便吃不到了。可可糖味道虽甜，可是它的历史是很苦的，这与豆沙对比起来，岂不是很有意义的事情么？

原载《亦报》一九五一年二月一日

可吃的花

上海的朋友看过土产展览会，"食指大动"，这是很难怪的，就是我只在报上看了记事，也不禁有此感想，特别是见那水果蔬菜馆的一批目录：蜜橘、文旦、荔枝、杨梅、莱阳梨、水蜜桃、大白菜、大葱、生姜、毛豆、竹笋、榨菜。

这些东西稍为分析，可以看出大抵是果实、茎叶和根这三部分，植物可吃的地方也就是这些，至于花一部分似乎用处很少。拿出鲍山的《野菜博录》石印本来查看，共计草部三百十六种，花可食者只有六种，木部一百十九种，花可食者十三种。可是仔细检查，有些山野植物不认识，也难得碰见，有些认识的觉得并不好吃，如腊梅花、槐花、金银花、何首乌花等，实际上有人吃的只有鲜花饼里的藤花，菊花锅里的菊花，至于松花实是花粉，所以不能算是正当的花。

奇怪的是我们常吃的金针菜即黄花菜，却没有收入，虽然有萱花说是叶可食。植物的花可供食用的，此外似乎没有第二种了，有的只是作为加味料，重要的有玫瑰花与桂花，前者用于玫瑰酱，几乎本身成为食料品，后者虽缺少那样的独立性，用处也很广大。有些花朵如珠兰、茉莉，以及代代花、白菊花之类，可以薰茶或点茶，那是别一种用法，等于荷花瓣泡白酒，因为不是吃而是喝，所以不能并算在一起了。

原载《亦报》一九五一年六月二十六日

菜　蔬

　　园是菜园，那里的主体自然是菜蔬了。乡下一年里所吃的菜蔬不算少，现在只是略说园里所有的。《朝花夕拾》的《小引》中有一节云：

　　　　我有一时，曾经屡次忆起儿时在故乡所吃的蔬果菱角，罗汉豆，茭白，香瓜。凡这些，都是极其鲜美可口的，都是使我思乡的蛊惑。

　　这里只有罗汉豆是园里所有的，可以一说，也正是值得说。有江苏的朋友在福建教中学国文的，写信来问罗汉豆是什么东西，因为国文教材中有这名字，没有什么地方查考。他如没有范寅的《越谚》，其查不到是无怪的。我们引用范君的话来解说："此豆扁大，只能用菜，吴呼蚕豆。"上边还有一项蚕豆，注云："此豆细圆，吴呼寒豆。"总结一句，罗汉豆即是蚕豆，而蚕豆则是豌豆。我以本地人的资格来说话，虽然并不一定拥护罗汉豆这名称，但总觉得蚕豆是叫得很不适当的。它那豆荚总有拇指那么粗，哪里像什么蚕呢！这是很平常的东西，但如种在园里，现时摘来，煮了"淡

口吃",实在是极好的,我不赞成《越谚》用菜之说,如放在菜里便不见得怎么可回忆了。

　　此外园里的出品,最为儿童所注意的,是黄瓜和萝卜。黄瓜买了秧来种,一株秧根下一块方土,整齐平滑,倒像是河泥种的,长出藤来的时候给用细竹搭一个帐篷似的瓜架,就只等它开花结实好了。萝卜买种子来下,每年好丑不一样,等秧长了两寸疏散一下,拔去生得太密或细小的,腌了来吃,和鸡毛菜相仿,别有风味。小孩得了大人的默许,进园里去可以挑长成得刚好的黄瓜,摘下来用青草擦去小刺,当场现吃,乡下的黄瓜色淡刺多,与北方的浓青厚皮的不同,现摘了吃味道更是特别。萝卜看它露出在地面上的部分,推测它的大小,拔起来擦干净了,用指甲剥去皮,就可生吃。这没有赛秋梨的水萝卜那么多水分,可是要鲜得多。此外南瓜匣子,扁豆辣茄,以及白菜、油菜、芥菜,种类不少,但那些只是做菜用的,儿童们也就不大觉得有什么兴趣了。

原载《亦报》一九五一年七月九日

冷开水

　　夏天喝一杯冷水是很舒服的。可是生水喝不得，要喝必须是煮沸过的水，等冷了再喝，最好是用冰镇过的冰水，不过现在不能那么奢侈，普通人家用不起冰，也只好算了。花一点钱去喝汽水自然也好，但甜得没有意思，照我个人的意见来说，不但不宜有甜或咸味，便是薄荷、青蒿、金银花夏枯草以至茶叶都可以不必，顶好的还是普通的冷的白开水。这并不是狐狸的酸葡萄的说法，实在我常吃的便是这一种，不只是夏天，就是冬天三九二十七的时候也是如此，那是个人的习惯，本来是不足为训的。

　　这个敝习惯也是一利一弊，利是自己便利，冷饭凉茶一律吃下去，吃时并不皱眉，吃后也不肚痛，弊则是串门作客，天热口干，而新泡的茶不能入口，待至半凉，一不经意，倏被殷勤的工友一下泼去，改酾热茶，狼狈返顾，已来不及矣。

　　我好茶也喝，但没得喝也可以，只要有冷开水就好，北方没有天落水，以洋井的水代之，此又一习惯也。北京的土井水有咸味，可煮饭不可以冲茶，自来水虽卫生而有漂白粉（？）气味，觉得不喜欢，洋井如有百尺深，则水味清甘大可用得，古时所谓甜水井甚为稀有，城内才二三处，现今用铁管凿井法，甜水也就随处可得了。

原载《亦报》一九五〇年八月五日

蒸　煮

　　饭锅上蒸了吃的菜里，最普通的是打鸭子和柳豆腐。这柳字是假借用的，也有人写作溜，但那是一种动作，读作上声，或者应当照柳字之例，于剔手旁写一个卯字，但是铅字里没有，所以不好使用。这豆腐的制法很简单，豆腐放在陶钵内（实在乃是缸钵，因为是用做缸的土质烧成的），用五六只竹筷捏在一起，用力圆转，这就叫作柳，柳得愈多愈好，随后加研细的盐奶，或者是融化的水，蒸熟即成。这里还有一层秘密，便是柳豆腐不贵新鲜，若是吃剩再蒸，经过两次蒸煠之后，它的味道就更厚实好吃，这对于寒俭的家庭是非常有利的。打鸭子即是北京的溜黄菜，有地方叫作鸡蛋糕，本地人却很听不惯，因为点心里有这一种名称，觉得容易相混。打与柳的意思相去不远，动作也相像，不同的地方在于柳的物质多少是半固体，鸡鸭蛋的内容差不多是液体，而且乡下人俭约，碗里还要掺大半的水，用筷子可以很爽利地打去，所以这就不叫做柳了。

　　此外的东西我们只好简要的一说。豆腐一项，可以加上切碎的干菜去蒸，又或芋艿切片别蒸，随后与蒸过的豆腐同拌加酱麻油，芋艿也可以拌千张（即百叶）或豆腐皮，不过芋艿、千张都切了丝。说也奇怪，北方

（上）◎ 饭馆
（下）◎ 街头小吃摊的蒸笼

也有芋头，只是没有那么的粘滑，所以就不适用，想要仿做亦不可能。茄子、茭白之类便整个的放在饭里，叫作爁，熟后用手撕片，烧上麻油酱油，吃起来味道特别好，与用刀切的迥不相同。荤菜也同样的蒸爁，白鲞或鳖鱼鲞切块，加上几个虾米（俗名开洋），加水一蒸，成为很好的一碗鲞汤。鲢鱼或胖头鱼的小块，用盐腌一晚，蒸了吃不比煎鱼为差。青虾用盐干烤固佳，平常也就只放在碗内，用碟子盖住，防它跳出来，加酱油一蒸即好。大虾挤虾仁后与干菜少许，老笋头蒸汤，内中无可吃，可是汤却颇好，这种虾壳笋头汤大概在别处也是少见的。乡下常有老太太们吃素，但同一锅内蒸荤菜却并不犯忌，这不是没有注意到，大概因为这事牵涉家庭经济，没法改变，所以只好默认了吧。

选自《鲁迅的故家》

午前的点心

学堂里上课的时间，似乎是在沿用书房的办法，一天中间并不分做若干小时，每小时一堂，它只分上下午两大课，午前八点至十二点，午后一点半至四点，于上午十点时休息十分钟，打钟为号，也算是吃点心的时间。关于这事，汪仲贤先生从前曾经有这几句话说得极好

> 早晨吃了两碗稀饭，到十点下课，往往肚里饿得咕噜噜的叫，叫听差到学堂门口买两个铜元山东烧饼，一个铜元麻油辣酱和醋，拿烧饼蘸着吃，吃得又香又辣，又酸又点饥，真比山珍海味还鲜。

这里我只须补充说一句，那烧饼在当时通称为侉饼，意思也原是说山东烧饼，不过用了一个别号，仿佛对于山东人有点不敬，其实南京人称侉子只是略开玩笑，山东朋友也并不介意的。这是两块约三寸见方的烧饼连在一起，中间勒上一刀，拗开就是两块，近来问南京人却已不知道这东西，也已没有侉饼的名称，但是那麻油辣酱还有，其味道厚实非北京所能及，使我至今未能忘记。那十点钟时候所吃的点心当然不止这一种，有更

阔的人吃十二文一件的广东点心，一口气吃上四个也抵不过一只侉饼，我觉得殊无足取，还不如大饼油条的实惠了。汪仲贤先生所说是一九一○年左右的事，大概那种情形继续到清末为止，一直没有变为每一小时上一堂的制度吧。

原载《亦报》一九五一年十月十三日

关于糯米

在《文汇报》上看到这一节记事："视察过鲁迅先生故乡绍兴的作家艾芜说，由于制酒等原因，绍兴从来就是缺粮的地方，平均每年总有三四个月的粮食要由外地支援。但是，现在绍兴已变为余粮县。"这关于故乡的好消息，是值得欢迎的，但是这里有一点误解，说缺粮的一部分原因是因为做酒，是不正确的，须有说明之必要，因为绍兴酒是用糯米做的。

我们小时候所常唱的歌谣里，有两句是绍兴人拿来讥笑醉人的话，说的很得要领，其词曰老酒糯米做，吃得变nyonyo。这末了的字我用了罗马字，因为实在写不出，写了也没有铅字这字从双口，底下一个典韦的典字，收在《康熙字典》的补遗里，注云"呼豕声"。这倒有点对的，但云尼迈切，与绍兴音读作尼荷切者迥不相同，绍兴话猪罗称为"nyo猪"，nyonyo者亲爱之称也。意思酒醉的人沉醉打呼，与猪无甚区别。由此看来，老酒之用糯米所做，已无问题，从个人幼年经验说来，还曾分得做酒用的糯米团饭吃过，不过老实说来并不高明，因为糯米不老精白，没有粽子那么好吃。至于本为做酒的团饭，为什么拿来闲吃的呢，那在当时没有问明，所以不知道了。

这里我还知道一件事实，原来那些做酒的糯米，分量着实不少，也并不是绍兴本地的出产，全是外地来的。这件事我从一个过去多年在江南这一带做地方官的朋友听来，他即使别的话靠不住，在这一点上，是不会说诳的。据说做老酒的那种原料，悉由江苏溧阳运去，抗战后供应中断，影响出产。古语有云："鲁酒薄而邯郸围。"现在岂不是这话的反证么？

　　不过老实说来，这糯米做的老酒并不怎么引起我的乡思来，令人怀念的却是普通有的糯米食。北方点心主要是面食，南方则是米食，特别是糯米，粽子不必说了，汤团也罢，麻糍也罢，用的都是糯米粉，还有糕团铺大宗物品，也是如此。这项消耗大约也并不少，仅次于做酒吧，它的供应恐怕也依靠邻省，因为绍兴我不听说什么地方出产，走过的地方也不曾看见种有糯米，说来惭愧，实在糯米只是在米店见到过，还不曾见过整株的糯稻呢！满口吃着粽子，却还不知做粽子的米是怎样的，这实在是城里人的一种耻辱。

　　　　　　　　　原载《新民报晚刊》一九五七年八月九日

糯米食

近年北京市上有糍粑可买，就使我很是高兴，因为我是喜欢糯米食的，虽然我们乡下没有糍粑，只有一种类似的东西叫做麻糍。糍粑的名称大概是通行于四川，它实在是年糕，只是用糯米做的，乡下的年糕特别是水磨年糕也包含些糯米粉，但仍以粳米为主，而且做法也很不同，年糕是米磨了粉，然后再舂而成，糍粑乃是用米煮饭来舂，可以说是用糯米饭捣烂做成的。糍粑是整块的，吃法任便，麻糍的原料相同，却做成一个个烧饼似的，中间加上一点馅，豆沙或是芝麻糖，这在我因为小时候的记忆觉得比较的更是好吃。中国点心里可惜不大利用糯米，只有在酒席上才用八宝饭，又有一个时期市上售卖甜酒酿，至于茶食铺里我就不大想得起什么东西来，除了只是在故乡才有的松子糕及其变相的橘红糕而已，要吃糯米食，惟一的办法是吃粽子，别处都在端午吃，乡下很特别地是在旧历过年的时候，家里自己制造，不要说加入栗子红枣的别有一种香味，就是普通的白米粽也非常好，不是市上所能及，广东和苏州式的豆沙火腿各样粽子当然也好，但小孩时所不知道的便似乎不是正宗，而且也不会觉得怎么的好了。用糯米煮饭搁白糖，我可以吃一大碗，比一顿饭的分量还多，旧友中间只有一个人可以算得我的同调，因此我这纪念糯米的小文，现在要找赞成人恐怕也就不可多得了吧。

原载《亦报》一九五一年十二月三十日

日本的米饭

我们平常想像，以为东亚的人民是以米为常食，至少中国与日本总是如此，因为他们说进食总是说吃饭的。近来看日本牧田茂的民俗学书《生活的古典》，才知道这也只是城市里是这样，若在大多数的乡村那就是别一种的情形了，据他所说，这也只是在"不平常的日子"里，就是说譬如新年、七月半、祭神的时候、端午节日，以及插秧这些时候，才吃米饭，正如在老百姓的社会里，这时才穿绸衣服一样。这不但民俗学的资料上是如此，且亦也有史证，在重病人的枕头边，把竹筒里的米摇给他听，后来说："连摇米也没有效，这真是天命了。"山村里尽有摇米的传说，这或者多少有点夸大也未可知，但是米是多么贵重的东西，也就十分明显了，那么他们平常是吃什么的呢? 吃麦饭倒是好的，日本的东北和九州、飞骅的山村地方，即在今日也还如此，乃以小米和稗子为主食，红薯是近来才进去的东西，其普及的径路还是清楚可考，这也就成为近代主食之一了。以著者亲自调查过的土佐的鹈来岛为例，民间主食就全是红薯，或煮或蒸，那是不必说了，也把它晒干了磨粉，和上些面粉，做成馒头，终年就吃这个，吃白米饭要算是节日的特别供应了。每日吃米饭，还是这次战争以来的影

（上）◎ 米行

（下）◎ 盛饭的男孩

大家

响，因为主食配给，由于食粮不足输入外米，所以米麦混食，但这也是麦占八成，米只是二成罢了。

这是民间的情形如此，近来看到日本的大周刊，上面有些时髦的论调，主张吃面包，说吃米不好，于智慧有关，仿佛日本之不能及美国，便是因为吃三顿米饭的缘故。因此社会上发生两句时新的口号，叫做反米派和亲米派，因为日本把美国称作米国，所以这有一种双关的意义，表面似乎说是反美，实在乃是说反对吃米。报上又征求过人们的意见，赞否不一，但是应征的人都是些坐汽车住洋房的朋友，也只代表得中层以上的人，至于以外的广大的老百姓，原来不在他们的眼里了。从前有个文人名田口卯吉，深恨日本肤色是黄的，曾主张戴西式礼帽，以为便显得脸白了，现在农民还是吃着麦粞饭，却叫他们用面包当饭了。晋惠帝说饥民何不食肉糜，似乎同一路道，不过那是低能的皇帝，所以听见田鸡叫也要问是为公为私，后来也传为笑柄。日本知识阶级容易受外国的影响，在语言文字上表现得很显明，战败后十年来的文章有些几乎读不懂，即如这里亲米反米的话，用的倒不晦涩，只是未免有点轻佻了。

喝　茶

　　前回徐志摩先生在平民中学讲 "吃茶" ——并不是胡适之先生所说的 "吃讲茶" ——我没有工夫去听，又可惜没有见到他精心结构的讲稿，但我推想他是在讲日本的 "茶道" （英文译作Teaism），而且一定说的很好。茶道的意思，用平凡的话来说，可以称作 "忙里偷闲，苦中作乐"，在不完全的现世享乐一点美与和谐，在刹那间体会永久，是日本之 "象征的文化" 里的一种代表艺术。关于这一件事，徐先生一定已有透彻巧妙的解说，不必再来多嘴，我现在所想说的，只是我个人的很平常的喝茶观罢了。

　　喝茶以绿茶为正宗，红茶已经没有什么意味，何况又加糖——与牛奶？葛辛（George Gissing）的《草堂随笔》（*Private Papers of Henry Ryecroft*）神是很有趣味的书，但冬之卷里说及饮茶，以为英国家庭里下午的红茶与黄油面包是一日中最大的乐事，支那饮茶已历千百年，未必能领略此种乐趣与实益的万分之一，则我殊不以为然。红茶带 "土斯" 未始不可吃，但这只是当饭，在肚饥时食之而已；我的所谓喝茶，却是在喝清茶，在赏鉴其色与香与味，意未必在止渴，自然更不在果腹了。中国古昔

◎ 茶馆

曾吃过煎茶及抹茶，现在所用的都是泡茶，冈仓觉三在《茶之书》（*Book of Tea*, 1919）里很巧妙的称之曰"自然主义的茶"，所以我们所重的即在这自然之妙味。中国人上茶馆去，左一碗右一碗的喝了半天，好像是刚从沙漠里回来的样子，颇合于我的喝茶的意思（听说闽粤有所谓吃功夫茶者自然更有道理），只可惜近来太是洋场化，失了本意，其结果成为饭馆子之流，只在乡村间还保存一点古风，唯是屋宇器具简陋万分，或者但可称为颇有喝茶之意，而未可许为已得喝茶之道也。

喝茶当于瓦屋纸窗下，清泉绿茶，用素雅的陶瓷茶具，同二三人共饮，得半日之闲，可抵十年的尘梦。喝茶之后，再去继续修各人的胜业，无论为名为利，都无不可，但偶然的片刻优游乃正亦断不可少。中国喝茶时多吃瓜子，我觉得不很适宜，喝茶时可吃的东西应当是清淡的"茶食"。中国的茶食却变了"满汉饽饽"，其性质与"阿阿兜"相差无几，不是喝茶时所吃的东西了。日本的点心虽是豆米的成品，但那优雅的形色，朴素的味道，很合于茶食的资格，如各色的"羊羹"（据上田恭辅氏考据，说是出于中国唐时的羊肝饼），尤有特殊的风味。江南茶馆中有一种"干丝"，用豆腐干切成细丝，加姜丝酱油，重汤炖热，上浇麻油，必以供客，其利益为"堂倌"所独有。豆腐干中本有一种"茶干"，今变而为丝，亦颇与茶相宜。在南京时常食此品，据云有某寺方丈所制为最，虽也曾尝试，却已忘记，所记得者乃只是下关的江天阁而已。学生们的习惯，平常"干丝"既出，大抵不即食，等到麻油再加，开水重换之后，始行举箸，最为合式，因为一到即罄，次碗继至，不遑应酬，否则麻油三浇，旋即撤去，怒形于色，未免使客不欢而散，茶意都消了。

吾乡昌安门外有一处地方名三脚桥（实在并无三脚，乃是三出，因以一桥而跨三汊的河上也），其地有豆腐店曰周德和者，制茶干最有名。寻常的豆腐干方约寸半，厚可三分，值钱二文，周德和的价值相同，小而且薄，才及一半，黝黑坚实，如紫檀片。我家距三脚桥有步行两小时路程，故殊不易得，但能吃到油炸者而已。每天有人挑担设炉镬，沿街叫卖，其词曰：

辣酱辣，麻油炸，

红酱搽，辣酱拓：

周德和格五香油炸豆腐干。

其制法如上所述，以竹丝插其末端，每枚三文。豆腐干大小如周德和，而甚柔软，大约系常品，唯经过这样烹调，虽然不是茶食之一，却也不失为一种好豆食。——豆腐的确也是极好的佳妙的食品，可以有种种的变化，唯在西洋不会被领解，正如茶一般。

日本用茶淘饭，名曰"茶渍"，以腌菜及"泽庵"即福建的黄土萝卜，日本泽庵法师始传此法，盖从中国传去）等为佐，很有清谈而甘香的风味。中国人未尝不这样吃，唯其原因，非由穷困即为节省，殆少有故意往清茶淡饭中寻其固有之味者，此所以为可惜也。

原载《语丝》一九二四年第七期

吃 茶

吃茶是一个好题目，我想写一篇文章来看。平常写文章，总是先有了意思，心里组织起来，先写些什么，后写什么，腹稿粗定，随后就照着写来，写好之后再加，一题目，或标举大旨，如《逍遥游》，或只拣文章起头两个字，如《马蹄》《秋水》，都有。有些特别是近代的文人，是有定了题目再做，英国有一个姓密棱的人便是如此，印刷所来拿稿子，想不出题目，便翻开字典来找，碰到金鱼就写一篇金鱼。这办法似乎也有意思，但那是专写随笔的文人，自有他一套本事，假如别人妄想学步，那不免画虎类狗，有如秀才之做赋得的试帖诗了。我写这一篇小文，却是预先想好了意思，随后再写它下来，还是正统的写法，不过自为觉得这题目颇好，所以跑了一点野马，当作一个引子罢了。

其实我的吃茶是够不上什么品位的，从量与质来说都够不上标准，从前东坡说饮酒饮湿，我的吃茶就和饮湿相去不远。据书上的记述，似乎古人所饮的分量都是很多，唐人所说喝过七碗觉腋下习习风生，这碗似乎不是很小的，所以六朝时人说是"水厄"。我所喝的只是一碗罢了，而且他们那时加入盐姜所煮的茶也没有尝过，不晓得是什么滋味，或者多少像是小时候所喝的伤风药午时茶吧。讲到质，我根本不讲究什么茶叶，反正就只是绿茶罢了，普通就是龙井一种，什么有名的罗岕，看都没有看见过，怎么够得上说吃茶呢？

一直从小就吃本地出产本地制造的茶叶，名字叫作本山，叶片搓成一团，不像龙井的平直，价钱很是便宜，大概好的不过一百六十文一斤吧。近年在北京这种茶叶又出现了，美其名曰平水珠茶，后来在这里又买不到，结果仍旧是买龙井，所能买到的也是普通的种类，若是旗枪雀舌之类却是没有见过，碰运气可以在市上买到碧螺春，不过那是很难得遇见的。从前曾有一个江西的朋友，送给我好些六安的茶，又在南京一个安徽的朋友那里吃到太平猴魁，都觉得很好，但是以后不可再得了。最近一个广西的朋友，分给我几种他故乡的茶叶，有横山细茶，桂平西山茶和白毛茶各种，都很不差，味道温厚，大概是沱茶一路，有点红茶的风味。他又说西南有苦丁茶，一片很小的叶子可以泡出碧绿的茶来，只是味很苦。我曾尝过旧学生送我的所谓苦丁茶，乃是从市上买来，不是道地西南的东西，其味极苦，看泡过的叶子很大而坚厚，茶色也不绿而是赭黄，原来乃是故乡的坟头所种的狗朴树，是别一种植物。我就是不喜欢北京人所喝的"香片"，这不但香无可取，就是茶味也有说不出的一股甜熟的味道。

以上是我关于茶的经验，这怎么够得上来讲吃茶呢？但是我说这是一个好题目，便是因为我不会喝茶可是喜欢玩茶，换句话说就是爱玩耍这个题目，写过些文章，以致许多人以为我真是懂得茶的人了。日前有个在大学读书的人走来看我，说从前听老师说你怎么爱喝茶，怎么讲究，现在看了才知道是不对的。我答道："可不是吗？这是你们贵师徒上了我的文章的当。孟子有言，尽信书则不如无书。现在你从实验知道了真相，可以明白单靠文字是要上当的。"我说吃茶是好题目，便是可以容我说出上面的叙述，我只是爱耍笔头讲讲，不是棒着茶缸一碗一碗的尽喝的。

原载香港《新晚报》一九六四年一月二十七日

再论吃茶

郝懿行《证俗文》一云:

> 考茗饮之法始于汉末,而已萌芽于前汉,然其饮法未闻,或曰为饼咀食之,逮东汉末蜀吴之人始造茗饮。

据《世说》云,王濛好茶,人至辄饮之,士大夫甚以为苦,每欲候濛,必云今日有水厄。又《洛阳伽蓝记》说王肃归魏住洛阳初不食羊肉及酪浆等物,常饭鲫鱼羹,渴饮茗汁,京师士子见肃一饮一斗,号为漏卮。后来虽然王肃习于胡俗,至于说茗不中与酪作奴,又因彭城王的嘲戏,"自是朝贵宴会虽设茗饮,皆耻不复食,惟江表残民远来降者好之",但因此可见六朝时南方吃茶的嗜好很是普遍,而且所吃的分量也很多。到了唐朝统一南北,这个风气遂大发达,有陆羽、卢仝等人可以作证,不过那时的茶大约有点近于西人所吃的红茶或咖啡,与后世的清茶相去颇远。明田艺衡《煮泉小品》云:

唐人煎茶多用姜盐，故鸿渐云，初沸水合量，调之以盐味。薛能诗，盐损添常戒，姜宜着更夸。苏子瞻以为茶之中等用姜煎信佳，盐则不可。余则以为二物皆水厄也，若山居饮水，少下二物以减岚气，或可耳，而有茶则此固无须也。至于今人荐茶类下茶果，此尤近俗，是纵佳者，能损真味，亦宜去之。且下果则必用匙，若金银大非山居之器，而铜又生腥，皆不可也。若旧称北人和以酥酪，蜀人入以自上，此皆蛮饮，固不足责。人有以梅花、菊花、茉莉花荐茶者，虽风韵可赏，亦损茶味，如有佳茶亦无事此。

此言甚为清茶张目，其所根据盖在自然一点，如下文即很明了地表示此意：

茶之团者片者皆出于碾硙之末，既损真味，复加油垢，即非佳品，总不若今之芽茶也，盖天真者自胜耳。芽茶以火作者为次，生晒者为上，亦更近自然，且断烟火气耳。

谢肇淛《五杂俎》十一亦有两则云：

古人造茶，多舂令细，末而蒸之，唐诗家僮隔竹敲茶臼是也。至宋始用碾，揉而焙之则自本朝（案明朝）始也。但揉者恐不若细末之耐藏耳。

《文献通考》，茗有片有散。片者即龙团旧法，散者则不蒸而干之，如今之茶也。始知南渡之后茶渐以不蒸为贵矣。

清乾隆时茹敦和著《越言释》二卷，有撮泡茶一条，撮泡茶者即叶茶，撮茶叶入盖碗中而泡之也，其文云：

　　《诗》云茶苦，《尔雅》苦茶，茶者茶之减笔字，前人已言之，今不复赘。茶理精于唐，茶事盛于宋，要无所谓撮泡茶者。今之撮泡茶或不知其所自，然在宋时有之，且自吾越人始之。案炒青之名已见于陆诗，而放翁《安国院试茶》之作有曰，我是江南桑苎家，汲泉闲品故园茶。只应碧齿苍鹰爪，可压红囊白雪芽。其自注曰，日铸以小瓶，蜡纸丹印封之，顾渚贮以红蓝缣囊，皆有岁贡。小瓶蜡纸至今犹然，日铸则越茶矣。不团不饼，而曰炒青曰苍龙爪，则撮泡矣。是撮泡者对硙茶言之也。又古者茶必有点。无论其为硙茶为撮泡茶，必择一二佳果点之，谓之点茶。点茶者必于茶器正中处，故又谓之点心。此极是杀风景事，然里俗以此为恭敬，断不可少。岭南人往往用糖梅，吾越则好用红姜片子，他如莲菂榛仁，无所不可。其后杂用果色，盈杯溢盏，略以瓯茶注之，谓之果子茶，已失点茶之旧矣。渐至盛筵贵客，累果高至尺余，又复雕鸾刻凤，缀绿攒红以为之饰，一茶之值乃至数金，谓之高茶，可观而不可食，虽名为茶，实与茶风马牛。又有从而反之者。聚诸干蓣烂煮之，和以糖蜜，谓之原汁茶，可以食矣，食竟则摩腹而起，盖疗饥之上药，非止渴之本谋，其于茶亦了无干涉也。他若莲子茶、龙眼茶种种诸名色相沿成故，而糕餐饼饵皆名之为茶食，尤为可笑。由是撮泡之茶遂至为世垢病。凡事以费钱为贵耳，虽茶亦然，何必雅人深致哉。又江广间有擂茶，是姜盐煎茶遗制，尚存古意，未可与越人之高茶、原汁茶同类而并讥之。

　　王侃著《巴山七种》，同治乙丑刻，其第五种曰《江州笔谈》，卷上有一则云：

乾隆嘉庆间宦家宴客，自客至及入席时，以换茶多寡别礼之隆杀。其点茶花果相间，盐渍蜜渍以不失色香味为贵，春不尚兰，秋不尚桂，诸果亦然，大者用片，小者去核，空其中，均以镂刻争胜，有若为灯盘者，皆闺秀事也。茶匙用金银，托盘或银或铜，皆茎细花，髹漆皮盘则描金细花，盘之颜色式样人人各异，其中托碗处围圈高起一分，以约碗底，如托酒盏之护衣碟子。茶每至，主人捧盘递客，客起接盘自置于几。席罢乃啜叶茶一碗而散，主人不亲递也。今自客至及席罢皆用叶茶，言及换茶人多不解。又今之茶托子绝不见如舟如梧橐鄂者。事物之随时而变如此。

予生也晚，已在马江战役之后，儿时有所见闻亦已后于栖清山人者将三十年了。但乡曲之间有时尚存古礼，原汁茶之名虽不曾听说，高茶则屡见，有时极精巧，多至五七层，状如浮图，叠灯草为栏杆，染芝麻砌作种种花样，中列人物演故事，不过今不以供客，只用作新年祖像前陈设耳。因高茶而联想到的则有高果，旧日结婚祭祀时必用之，下为锡碗，其上立竹片，缚诸果高一尺许，大抵用荸荠、金橘等物，而令人最不能忘记的却是甘蔗这一种，因为上边有"甘蔗菩萨"，以带皮红甘蔗削片，略加刻画，穿插成人物，甚古拙有趣，小时候分得此菩萨一尊，比有甘蔗吃更喜欢也。莲子等茶极常见，大概以莲子为最普通，杏酪龙眼为贵，芡栗已平凡，百合与扁豆茶则卑下矣。凡待客以结婚时宴"亲送"舅爷为最隆重，用三道茶，即杏酪莲子及叶茶，平常亲戚往来则叶茶之外亦设一果子茶，十九皆用莲子。范寅《越谚》卷中饮食门下，有茶料一条，注曰，"母以莲栗枣糖遗出嫁女，名此。"又酬茶一条注曰，"新妇煮莲栗枣，遍奉夫家戚族尊长卑幼，名此，又谓之喜茶。"此风至今犹存，即平日往来馈送用提合，亦多以莲子白糖充数。儿童入书房拜蒙师，以茶盅若干副分装莲子白糖为礼，师照例可全收，似向来醵茶系致敬礼。此所谓茶又即是果子茶，为便利计乃用茶料充之，而茶料则以莲糖为之代表也，点茶用花今亦有之，唯不用鲜花临时冲入，改而为窨，取桂花、茉莉、珠兰等和茶叶中，密封待用。果已少用，但尚存橄榄一种，俗称元宝茶，新年人茶店多饮之取利市，色香均不恶，与茶尚不甚相忤，至于姜片等则未见有人用过。越中有一种茶盅，高约一寸许，口径二寸，有盖，与茶杯茶碗茶缸异，盖专以盛果子茶者，别有旧式者以银皮为里，外面系红木，近已少见，现所有者大抵皆陶制也。

茶本是树的叶子，摘来瀹汁喝喝，似乎是颇简单的事，事实却并不然。自吴至南宋将一千年，始由团片而用叶茶，至明大抵不入姜盐矣，然而点茶下花果，至今不尽改，若又变而为果羹，则几乎将与酪竞爽了。岂醵茶致敬，以叶茶为太清淡，改用果饵，茶终非吃不可，抑或留恋千古昔之膏香盐味，故仍于其中杂投华实，尝取浓厚的味道乎？均未可知也。南方虽另有果茶，但在茶店凭栏所饮的一碗碗的清茶却是道地的苦茗，即俗所谓龙井，自农工以至老相公盖无不如此，而北方民众多嗜香片，以双窨为贵，此则犹有古风存焉。不佞食酪而亦吃茶，茶常而酪不可常，故酪疏而茶亲，唯亦未必平反旧案，主茶而奴酪耳，此二者盖牛羊与草木之别，人性各有所近，其在不佞则稍喜草木之类也。

附记

大义汪氏《大宗祠祭规》，嘉庆七年刊，有汪龙庄序，其《祭器祭品式》一篇中云，大厅中堂用水果五碗，注曰高尺三，神座前及大厅东西座各用水果五碗，注曰高一尺。案，此即高果，萧山风俗盖与郡城同，但《越谚》中高果却失载，不知何也。

选自《夜读抄》

关于苦茶

去年春天偶然做了两首打油诗，不意在上海引起了一点风波，大约可以与今年所谓中国本位的文化宣言相比，不过有这差别，前者大家以为是亡国之音，后者则是国家将兴必有祯祥罢了。此外也有人把打油诗拿来当作历史传记读，如实的加以检讨，或者说玩骨董那必然有些钟鼎书画吧，或者又相信我专喜谈鬼，差不多是蒲留仙一流人。这些看法都并无什么用意，也于名誉无损，用不着声明更正，不过与事实相远这一节总是可以奉告的。其次有一件相像的事，但是却颇愉快的，一位友人因为记起吃苦茶的那句话，顺便买了一包特种的茶叶拿来送我，这是我很熟的一个朋友，我感谢他的好意，可是这茶实在太苦，我终于没有能够多吃。

据朋友说这叫作苦丁茶。我去查书，只在日本书上查到一点，云系山茶科的常绿灌木，干粗，叶亦大，长至三四寸，晚秋叶腋开白花，自生山地间，日本名曰唐茶（Tocha），——名龟甲茶，汉名皋芦，亦云苦丁。赵学敏《本草拾遗》卷六云：

角刺茶，出徽州。土人二三月采茶时兼采十大功劳叶，俗名老鼠刺，叶曰苦丁，和匀同炒，焙成茶，货与尼庵，转售富家妇女，云妇人服之终身不孕，为断产第一妙药也。每斤银八钱。

案，十大功劳与老鼠刺均系五加皮树的别名，属于五加科，又是落叶灌木，虽亦有苦丁之名，可以制茶，似与上文所说不是一物，况且友人也不说这茶喝了可以节育的。再查类书关于皋芦却有几条，《广州记》云：

皋卢，茗之别名，叶大而涩，南人以为饮。

又《茶经》有类似的话云：

南方有瓜芦木，亦似茗，至苦涩，取为屑茶饮，亦可通夜不眠。

《南越志》则云：

茗苦涩，亦谓之过罗。

此木盖出于南方，不见经传，皋卢云云本系土俗名，各书记录其音耳。但是这是怎样的一种植物呢，书上都未说及，我只好从茶壶里去拿出一片叶子来，仿佛制腊叶似的弄得干燥平直了，仔细看时，我认得这乃是故乡常种的一种坟头树，方言称作枸朴树的就是，叶长二寸，宽一寸二分，边有细锯齿，其形状的确有点像龟壳。原来这可以泡茶吃的，虽然味大苦涩，不但我不能多吃，便是且将就斋主人也只喝了两口，要求泡别的茶吃了。但是我很觉得有兴趣,不知道在白菊花以外还有些什么叶子可以当茶?《毛诗草木鸟兽虫鱼疏》"山有樗"一条下云:"山樗生山中,与下田樗大略无异,叶似差狭耳,吴人以其叶为茗。"

《五杂俎》卷十一云:

> 以绿豆微炒,投沸汤中,倾之,其色正绿,香味亦不减新茗,宿村中觅茗不得者可以此代。

此与现今炒黑豆作咖啡正是一样。又云:

> 北方柳芽初茁者,采之入汤,云其味胜茶。曲阜孔林楷木,其芽可烹。闽中佛手柑橄榄为汤,饮之清香,色味亦旗枪之亚也。

卷十记孔林楷木条下云:"其芽香苦,可烹以代茗,亦可干而茹之,即俗云黄连头。"

孔林吾未得瞻仰,不知楷木为何如树,唯黄连头则少时尝茹之,且颇喜欢吃,以为有福建橄榄豉之风味也。关于以木芽代茶,《湖雅》卷二亦有二则云:

> 桑芽茶,案,山中有木俗名新桑荑,采嫩芽可代茗,非蚕所食之桑也。
> 柳芽茶,案,柳芽亦采以代茗,嫩碧可爱,有色而无香味。

汪谢城此处所说与谢在杭不同,但不佞却有点左祖汪君,因为其味胜茶的说法觉得不大靠得住也。

　　许多东西都可以代茶，咖啡等洋货还在其外，可是我只感到好玩，有这些花样，至于我自己还只觉得茶好，而且茶也以绿的为限，红茶以至香片嫌其近于咖啡，这也别无多大道理，单因为从小在家里吃惯本山茶叶耳。口渴了要喝水，水里照例泡进茶叶去，吃惯了就成了规矩，如此而已。对于茶有什么特别了解，赏识，哲学或主义么？这未必然。一定喜欢苦茶，非苦的不喝么？这也未必然。那么为什么诗里那么说，为什么又叫作庵名，岂不是假话么？那也未必然。今世虽不出家亦不打诳语。必要说明，还是去小学上找罢。吾友沈兼士先生有诗为证，题曰《又和一首自调》，此系后半首也：

　　　　端透于今变澄澈，鱼模自古读歌麻。

　　　　眼前一例君须记，茶苦原来即苦茶。

选自《苦茶随笔》

大家

讲谈

236

谈宴会

偶阅横井也有的俳文集《鹑衣》，中二卷中佳作甚多，读了令人垂涎，有《俳席规则》二篇，系俳谐连歌席上饮食起居的约法，琐屑有妙趣，惜多插俳句，玩索久之不敢动笔。续篇上卷有一文题曰《俳席规则赠人》，较为简单，兹述其大意云：

一、饭宜专用奈良茶。当然无汤，但如非奈良茶者，则有汤可也。

一、菜一品，鱼鸟任所有，勿务求珍奇。无鱼鸟时则豆腐茄子可也，欲辩白其非是索斋，岂不是有坚鱼其物在耶。

一、香之物不待论。

一、如有面类之设，规则亦准右文。

一、酒因杯有大小，故大户亦以二献为限。

酒之有肴，本为劝进迟滞的饮酒之助，今既非寻常宴会，自无需强劝的道理。但肴虽是无用，或以食案上一菜为少，如有馈遗猎获之物，则具一品称之曰肴，亦可任主人之意。又或在雪霜夜风中为防归路的寒冷，饭后留存酒壶，连歌满卷时再斟一巡，可临时看情形定之，角觚与戏文的结末易成为喧争，俳谐集会易流于饮食，此亦是今世之常习，可为斯道叹者也。人皆以翁之奈良茶三石为口实，而知其意旨者甚少。盖云奈良茶者，乃是即一汤亦可省的教训，况多设菜数耶。鱼生鱼脍，大壶大碗，罗列于奈良茶之食案上，有如行脚僧弃其头陀袋，却带着驮马挑夫走，须知其非本姿本情之所宜有也。汉子梅二以此事为虑，请俳席规则于予，赏其有信道之志，乃为记馔具之法以赠之。

这里须得有些注释才行。奈良本是产茶的地方，这所神奈良茶却是茶粥的别名，即以茶汁所煮的粥。据各务支考《俳谐十论》所记，芭蕉翁曾戏仿《论语》口调云，吃奈良茶三石而后始知俳谐之味，盖俳人常以此为食也。坚鱼和文写作鱼旁坚字，《东雅》云即《闽书》的青贯，晒肉作干名鲣节，刨取作为调味料，今北平商人称之曰木鱼，谓其坚如木。香之物即小菜，大抵以米糠和盐水渍瓜菜为之，萝卜为主，茄子、黄瓜等亦可用，本系饭后佐茶之物，与中国小菜稍不同。肴字日本语原意云酒菜，故上文云云，不作普通下饭讲也。《前篇》上卷《俳席规则》一文中有相类似的话，可以参考：

汤一菜一，酒之肴亦以一为限，卸素斋之咎于坚鱼可也。夏必用茄子，豆腐可亘三季，香之物则不足论也。

这两篇文章前后相去有二十八年，意思却还是一样，觉得很有意思。又《续篇》上卷中另有"规则补遗"三条，其第二条云："夜阑不可问时刻，但闻厨下鬐声勿惊可也。"此语大有情趣，不特可补上文之阙，亦可见

（上）◎ 酒坊
（下）◎ 民国时期著名的六国饭店

也有翁与俳人生活态度之一斑也。

梁葵石著《雕丘杂录》七《闲影杂识》中有一则云：

倪鸿宝先生《五簋享式》云饮食之事而有江河之忧，我辈不救，谁救之者。天下岂有我辈客是饮食人？诗云，以燕乐嘉宾之心，此言嘉宾，以娱其意。孔作盛馔，列惊七浆，作之惊之，是为逐客。然则约则为恭，侈反章慢，谨参往谋，条为食律。八馈裁诗，二享广易，天数地数，情文已极。彼君子兮，嗌肯我适，文以美名，赏其真率。一水一山，清音下物，殼心最欢，能饮一石。五肴，二果二蔬，汤点各二，短钉十作，酒无算。二客四客一席，不妨五六，惟簋加大。劳从事余酒人一斤，或钱百文，舟舆人钱五十——此式近亦有行之者，人人称便，录以示后人，不第爱其词之古也。

明李君实著《紫桃轩又缀》卷二亦有自作《竹懒花鸟檄》，后列办法，檄文别无势语今不录，办法首六则云：

一、品馔不过五物，务取鲜洁，用盛大墩碗，一碗可供三四人者，欲其缩于品而裕于用也。

一、攒碟务取时鲜精品，客少一合，客多不过二合。大肴既简，所恃以侑杯勺者此耳。流俗糖物粗果，一不得用。

一、用上白米斗余作精饭，佳蔬二品，鲜汤一品，取其填然以饱，而后可从事觞咏也。

一、酒备二品，须极佳者，严至螫口，甘至停膈，俱不用。

一、用精面作炊食一二品，为坐久济虚之需。

一、从者每客止许一人，年高者益一童子，另备酒饭给之。

倪、李二公俱是明季高人，其定此规律不独为提倡风雅，亦实欲昭示质朴，但与也有翁的俳席一比较，则又很分出高下来了。板屋纸窗，行灯荧荧，缩项啜茶粥，吃豆腐、茄子和腌萝卜，虽然写出一卷歪诗，也是一种雅集，比起五簋享的桌面来，大有一群叫化子在城隍庙厢下分享残羹冷炙之感，这是什么缘故呢？据我想，这一件小事却有大意义，因为即此可以看出中国明清时与日本江户时代的文学家的不同来，江户时文学在历史上称是平民的，诗文小说都有新开展，作者大抵是些平民，偶然也有小武士小官吏，如横井也有即其一人，但因为没有科举的圈子，挎上长刀是公人，解下刀来就在破席子上坐地，与平民诗人一同做起俳谐歌来，没有乡绅的架子。中国的明末清初何尝不是一个新文学时期，不过文人无论新旧总非读书人不成，而读书人多少都有点功名，总称曰士大夫，阔的即是乡绅了，他们的体面不能为文学而牺牲，只有新文艺而无新生活者殆以此故。当时出过冯梦龙、金圣叹、李笠翁几个人，稍为奇特一点，却已被看做文坛外的流氓，至今还不大为人所看得起，可以为鉴戒矣。长衫朋友总不能在大道旁坐小杌子上或一手托冷饭一碗上蟛干菜立而吃之，至少亦须于稻地放一板桌，有鳖鱼、鳘汤等四五品，才可以算是夏天便饭，不妨为旁人所见，盖亦诚不得已耳。

宋小茗著《耐冷谭》十六卷，刊于道光九年，盖系一种诗话，卷二有一则云：

> 康熙初神京丰稔，笙歌清宴达旦不息，真所谓车如流水马如龙也。达官贵人盛行一品会，席上无二物，而穷极巧丽。王相国胥庭熙当会，出一大冰盘，中有腐如圆月，公举手曰，家无长物，只一腐相款，幸勿莞尔。及动箸，则珍错毕具，莫能名其何物也，一时称

绝。至徐尚书健庵，隔年取江南燕来笋，负土捆载至邸第，春光乍丽则出之而挺爪矣，直会期乃为煨笋以饷客，去其壳则为玉管，中贯以珍羞，客欣然称饱。咸谓一笋一腐可采入食经。此梅里李敬堂大令集闻之其曾大父秋锦先生，恐其久而遂佚，录以示后人者，今其孙金澜明经遇孙检得之，属同人赋诗焉。

许壬瓠著《珊瑚舌雕谈初笔》八卷，卷七有《一品会》一则，首云"少时尝闻一久宦都中罢游林下者云"，次即直录上文，自康熙初至入食经，后又续云："余以为迩来富贵家用一品锅亦此遗制欤。"《雕谈初笔》作于光绪九年，距《耐冷谭》已五十四年矣，犹珍重如此，可知大家对于一品会之有兴味了，这种吃法实在是除了阁老表示他的阔气以外别无什么意思，单是一种变态的奢侈而已，收入食谱殆只是穷措大的幻想，有钱者不愿按谱而办，无钱者按谱亦不能办也。王、徐与倪、李的人品不可同日而语，惟其为读书人则一，《一品会》与《五簋享式》《花鸟檄》雅俗似亦悬殊，然实际上质并无不同，但量有异耳，若是俳席乃觉得别是一物，此固由日本文人的气质特殊，抑亦俳谐的趣味使然欤。

原载《秉烛后谈》一九四四年九月

上饭厅

　　学生每天的生活是，早晨六点钟听吹号起床，过一会儿吹号吃早饭，午饭与晚饭都是如此。说到吃饭，这在新生和低年级生是一件难事，不过早饭可以除外，因为老班学生那时大都是不来吃的。他们听着这两遍号声，还在高卧，厨房按时自会有人托着长方的木盘，把稀饭和一碟腌萝卜或酱莴苣送上门来，他们是熟悉了哪几位老爷（虽然法定的称号是少爷）是要送的，由各该听差收下，等起床后慢慢的吃。这时候饭厅里的座位是很宽裕的，吃稀饭的人可以随便坐下来，从容的喝了一碗又一碗，但是等到午饭或是晚饭，那就没有这样的舒服了。饭厅里用的是方桌，一桌可以坐八个人，在高班的桌上却是例外，他们至多坐六人，座位都有一定，只是同班至好或是低班里附和他们的小友，才可以参加，此外闲人不能阑入。年级低的学生，一切都没有组织，他们一听吃饭的号声，便须直奔向饭厅里去，在非头班所占据的桌上见到一个空位，赶紧坐下，这一顿饭才算安稳的到了手。在这大众奔窜之中，头班却比平常更安详的，张开两只臂膊，像是螃蟹似的，在曲折的走廊中央大摇大摆的踱方步。走在他后面的人，不敢绕越僭先，只能也跟他踱，到得饭厅里，急忙的各处乱钻，好

像是晚上寻不着窠的鸡，好容易找到位置，一碗雪里蕻上面的几薄片肥肉也早已不见，只好吃餐素饭罢了。

学堂里上课的时间，似乎是在沿用书房的办法，一天中间并不分作若干小时，每小时一堂课，它只分上下午两大段，午前八点至十二点，午后一点半至四点，但于上午十点时休息十分钟，打钟为号，也算是吃点心的时间。关于这事，汪仲贤先生在《十五年前的回忆》（还是一九二一年所写，所以距今已经是五十五年前了）里有几句话，说的很有意思：

> 早晨吃了两碗稀饭，到十点下课，往往肚里饿得咕噜噜的叫，叫听差到学堂门口买两个铜元山东烧饼，一个铜元麻油辣酱和醋，拿烧饼蘸着吃，吃得又香又辣，又酸又点饥，真比山珍海味还鲜。

这里我只须补充说一句，那种烧饼在当时通称为"侉饼"，意思也原是说山东烧饼，不过这里用了一个雅号，仿佛对于山东人有点不敬，其实南京人称侉子只是略开玩笑，并无别的意思，山东朋友也并不介意的。这是两块大约三寸见方的烧饼连在一起，中间勒上一刀，拗开来就是两块，其实看它的做法，也只是寻常的烧饼罢了，但是实在特别的好吃，这未必全是由于那时候饿极了的缘故吧？但是这做侉饼的人，却有一种特别的习惯，很是要不得的，即是每逢落雨落雪，便即停工，在茅篷里打起纸牌来，因为茅篷狭小而打牌的人多，所以坐在门口的就把背脊露出在外边。这于吃惯辣酱蘸侉饼的人非常觉得不方便，去问他为什么今天不做侉饼，他就会反问道："今天不是下雨么？"为什么下雨就做不成侉饼，这理由当初觉得不容易懂，但是查考下去，这也就明白了。下雨天没有柴火，因为卖芦柴的人不能来的缘故。后来我问南京的人，已经不知有侉饼的名称，似乎是没有这东西买了，但是那麻油辣酱还有，其味道厚实非北京的所能及，使我至今不能忘记。那十点钟时候所吃的点心当然不止这一种，有更阔气的人，吃十二文一件的广东点心，一口气吃上四个，也抵不过一只侉饼，我觉得殊无足取，还不如大饼油条的实惠了。汪仲贤先生所说是一九一〇年左右的事，大概那种情形继续到清朝末年为止，一直没有变为每一小时上一堂的制度吧。

选自《知堂回忆录》

小酒店里

无论咸亨也罢,德兴也罢,反正酒店的设备都是差不多的。一间门面,门口曲尺形的柜台,靠墙一带放些中型酒瓶,上贴玫瑰烧、五加皮等字,蓝布包砂土为盖。直柜台下置酒坛,给客人吊酒时顺便掺水,手法便捷,是酒店官本领之所在,横柜台临街,上设半截栅栏,陈列各种下酒物。店的后半就是雅座,摆上几个狭板桌条凳,可以坐上八九十来个人,就算是很宽大的了。下酒的东西,顶普通的是鸡肫豆与茴香豆。鸡肫豆乃是用白豆盐煮漉干,软硬得中,自有风味,以细草纸包作粽子样,一文一包,内有豆可二三十粒。为什么叫作鸡肫豆的呢? 其理由不明白,大约为的嚼着有点软带硬,仿佛像鸡肫似的吧。茴香豆是用蚕豆,即乡下所谓罗汉豆所制,只是干煮加香料,大茴香或是桂皮,也是一文起码,亦可以说是为限,因为这种豆不曾听说买上若干文,总是一文一把抓,伙计也很有经验,一手抓去数量都差不多,也就摆作一碟。此外现成的炒洋花生、豆腐干、盐豆豉等大略具备,但是说也奇怪,这里没有荤腥味,连皮蛋也没有,不要说鱼干鸟肉了。本来这里是卖酒附带吃酒,与饭馆不同,是很平民的所在,并不预备阔客的降临,所以只有简单的食品,和朴陋的设备正相称。但是五十年前，读书人都不上茶馆，认为有失身份，吃酒却是可以，无论是怎样的小酒店，这个风气也是很有点特别的。

原载《亦报》一九五〇年五月十一日

厨房的大事件

乡下饭菜很简单，反正三餐煮饭，大抵只在锅上一蒸，俗语曰燆，便可具办。这方法在《善俗书》上说的很得要领，云：

> 锅用木盖，高约二尺，上狭下广，入米于锅，以薄竹编架，横置上面，肉汤菜饮之类皆可蒸于架上，一架不足则碗上再添一架，下架蒸生物，上架温熟物，饭熟之后稍延片时，揭盖则生者熟，熟者温，饭与菜俱可吃，便莫甚焉。

只有要煮干菜肉，煎带鱼，炖豆腐，放萝卜汤的时候，才另用风炉或炭炉，这是在一个月中有不了几回的。

因为这个缘故，厨房里每天的事情很是单调，小孩们所以也不大去。但偶然也有特别的事件发生，例如做忌日杀鸡，那时总要跑去看。把一只活生生的鸡拔去脖颈下的毛，割断了喉管和动脉，沥干了血，致之于死，看了不是愉快的事，但是更难听的乃是在水缸沿上磨几下薄刀的声音，后来因此常想到曹孟德，觉得他在吕伯奢家里听了惊心动魄，也是难怪的。

此外还有一年一度的事件是腌菜。将白菜切了菜头（俗语有专门名词，大概应该写作帝字加侧刀，读仍作帝），晾到相当程度，要放进大缸里去腌了，这时候照例要请庆叔，先用温水洗了脚，随即爬入七石缸内，在盐和排好的白菜上面反复的踏，每加上一排菜，便要踏好一会儿，直到几乎满了为止。这一缸菜是普通人家一年中重要的下饭，读书人掉文袋，引用《诗经》的话云，"我有旨蓄，可以御冬"，文句虽然古奥一点，这意思倒是很对的。

与厨房相关的行事有上草，大抵也与小孩相关。大灶用稻草，须得问农民去买，草小束曰一脚，十脚曰一束（或当写作禾字旁），买时以十束为一榀，称斤计价，大约二文一斤吧，上草一回的数量平均以五六十周为准，要看装草的船的大小，这些草放满在厅内明堂内，一榀榀的过秤，小孩的职务便是记账，十榀一行的把斤数写下来。与上草相反的是换灰，将稻草灰卖给海边的农民，他们照例挟着一枝竹竿，在灰堆里戳几下，看有多深，或者有没有大石头垫底，清初石天基的《传家宝》里记有黄色的笑话，以此为材料，可见这风俗在扬州也是有的。